언젠가 완벽한 너를 만나다면

일러두기

1. 옮긴이의 주는 모두 본문의 괄호 안에 '_옮긴이'로 표시했습니다.
2. 편집자의 주는 모두 숫자로 표시한 뒤 본문 마지막에 후주로 붙였습니다.
3. 등장인물의 자연스러운 말투를 위해 의도적으로 줄여 쓰거나 맞춤법 규범에
   어긋나게 표기한 단어들이 있습니다.

갱지에서 빛이 난 것은 13년 인생에 처음이었다.

에어컨이 고장 나는 바람에 교실 창문을 활짝 열어 놓았더니 제한제와 샴푸와 빨지 않은 실내화와 손등에 묻어 말라붙은 침 냄새가 뒤섞였다.

끝을 모아 묶은 커튼 두 장 중간에서 바람에 부풀어 브래지어 모양이 되었다. 창가 자리에 앉아 가슴에 옆얼굴을 짓눌리며 앞에서 넘어온 프린트를 받아 들었다. 여느 때처럼 읽어 보지도 않고 집에 가져가서 튀김을 건져 놓는 종이로 쓸 예정이었던 가정통신문의 제목이 눈에 들어왔다.

'저체중은 생리를 중단시킬 위험이 있습니다.'

'장래를 위해 과도한 다이어트는 삼갑시다.'

그날 저녁부터 탄수화물을 끊었다. 어머니의 잔소리에는 '과식하면 잠이 와서 공부나 특별 활동에 지장이 생긴다.'고 대답했다. 원래도 평균 체중 이하였던 터라 금세 생리를 하지 않았다. 왜 이걸 금지하는지 이해할 수 없었다. 생리 때문에 고생하는 친구도 살을 빼면 될 텐데, 라고 생각했지만, '마른 걸 자랑한다.'고 할까 봐 말하지 않았다. 날씬한 게 부럽다면서 매일매일 과자를 먹는 친구는 날씬해지는 것보다 먹는 게 중요한 거니까 방해하면 안 된다.

그래도 이 기분을 누군가와 꼭 공유하고 싶어서 평소 잘 쓰지 않는 트위터로 '생리 안 해'를 검색했다.

[생리를 안 해 어쩌지]

이게 아니야.

[생리 안 한 지 벌써 한 달 됐다 남친한테 말해야 하나]

아니고.

[생리 안 할 때 다카토시의 토시를 홈 화면으로 설정하면 좋
다는 거 진짜네]

아. 니. 거. 든.

'생리 안 해 기뻐'로 검색해 봤다.

[생리를 안 한다 했더니 임신! 기뻐라]

[생리 안 하면 임신한 느낌이라 기뻐]

[생리 안 하는 중 혹시…… (갓난아기 이모티콘) (하트 이모티
콘) 기뻐!]

말없이 앱을 닫았다. 악 소리를 지르면 어디론가 끌려갈
것 같았다.

얼마 뒤 가족 공용 컴퓨터 검색 기록에서 '아이 먹지 않음', '아이 다이어트 그만', '거식증 부모 어떻게', '거식증 원인 엄마'를 발견하고 어머니가 불쌍해졌다. 괜한 걱정을 하지 않도록 40킬로그램 조금 밑을 유지하기로 했다. 딱딱한 학교 의자에 앉아 있다 보면 4교시쯤 꼬리뼈가 아파져서 방재 두건[1] 위에 쿠션을 올려놓고 앉기 시작했다. 보건실로 몇 번 불려 갔지만 키 말고는 아무것도 달라지지 않은 채 중등부를 졸업했다. 그 뒤에 올라간 고등부에서도 피 색깔은 다치거나 여드름이 터졌을 때만 확인하고 끝날 듯했다.

||

금속음을 내며 문이 열렸다. 몇 년 뒤 재건축 예정인 고등부 건물은 어디나 기름기 없이 바싹 말랐다.

"마쓰이 님, 생리대 있어?"

쉬는 시간을 알리는 종소리와 함께 화장실에 가더니 바로 돌아온 애가 반쯤 열린 문 사이로 고개를 내밀었다. 문쪽 맨 뒷자리다 보니 이런 때 다들 으레 마도카에게 묻는다. 고개를 흔들자, 사물함을 정리하던 오지로가 마도카 등 뒤에 숨어 파우치를 건넸다. 아즈미 선생님이 교실에 있어서 여느 때처럼 생리대만 던져 주기가 꺼려진 듯했다.

"치마는 멀쩡해?"

돌아서서 보여 준 뒷모습에는 실밥만 붙어 있었다.

"괜찮아."

땡큐, 라고 하면서 종종걸음으로 달려갔다. 손을 뒤로 돌려 열어 놓고 그냥 간 문을 닫자 12월의 복도 공기가 차단

됐다. 손잡이에 건 손가락이 쓰리기에 보니 어느새 종이에 베인 모양이었다. 피부가 약해서 파우치 안에는 반창고와 연고만 가득했다.

종이 이미 오래전에 울렸는데도 모리는 아즈미 선생님에게 말을 걸지 않았다.

먼 곳에 떨어진 벼락 같은 소리를 내며 칠판 첫 단과 둘째 단이 교체됐다. 아즈미 선생님이 첫 단에 쓴 글씨를 다 지울 즈음 덧니를 번득이며 옆에 서곤 했던 모리는, 아직 자리에서 색색의 펜을 하나씩 필통에 넣고 있었다. 둘째 단을 지우기 시작한 아즈미 선생님의 뒷모습에서 모리의 기색을 살피는 듯한 시선이 느껴졌다. 흐릿하게 쓴 공민권 운동[2]에 관한 내용이 모습을 감추었다. 지우개 가루를 책상 한옆에 모으기 시작한 모리의 발치에는 3교시가 끝난 뒤 털어 낸 검은 가루가 흩어져 있었다.

아즈미 선생님의 오른손이 지나간 곳부터 미국 지도가 사라졌다.

세계사를 선택한 학생은 스무 명 정도다. 일본사를 선택해 같은 시간에 다른 교실에서 수업을 받는 애들이 돌아오기까지 아즈미 선생님은 언제나 모리에게 붙들려 이야기 상대를 해 주어야 했다. 반 농구부원은 모리를 제외하고 모두 일본사를 선택했다. 모리는 농구부원 중에서는 가장 붙임성 있고 대하기 편한 편이지만, 같은 반 학생들보다 농구부 지도 교사인 아즈미 선생님과 이야기하는 게 좋은 듯했다. '모리가 아즈미를 찍었거든. 걔 얼굴 밝히잖아.'라고 야유하는 애들이 있었는데, 그게 사실이라면 오늘 저 태도는 모리 나름대로 밀당하는 건지도 모른다. 아즈미 선생님이 몇 살인지는 몰라도 다른 교사들보다는 훨씬 젊은 것 같다.

아즈미 선생님이 칠판지우개를 털기 시작하자 비로소 모리가 일어섰다.

칠판 바로 옆에 비치된 낡은 지우개 털이 작동음은 근처 공사 현장의 소리가 파묻힐 정도로 요란하다. 모리는 표정이 조금 굳은 듯했지만 그건 지우개 털이 소리에 파묻히지 않도록 큰 소리로 말하고 있어서인지도 모른다. 마도카가 앉은 맨 뒷자리에서는 두 사람 목소리가 들리지 않는다.

모리는 여느 때처럼 덧니를 빛내며 아즈미 선생님을 올려다봤다. 두 팔로 끌어안은 두꺼운 교과서가 모리의 불룩한 가슴을 짓누르고 있었다.

벌컥 열리면서 문이 지우개 털이의 굉음을 누르고 끼익 하고 악을 썼다.

"또 아즈미 선생님이 있네."

"맨날 그러잖아."

"다음 시간 수학인데 선생님도 같이 수업받자."

교실로 돌아온, 일본사 선택 반의 선두에 있던 농구부원 몇 명이 친근하게 말했다. "너희들, 존댓말 써야지."라고 대꾸하는 아즈미 선생님의 목소리에도 노여움은 없었다. 아즈미 선생님의 주위는 명랑한 목소리로 메워졌다.

학교에서 제일 가까운 역의 플랫폼, 줄 맨 앞에 선 눈에 익은 두 사람을 마도카가 알아차리자 오지로도 마도카를 발견하고 손을 흔들었다. 다른 쪽 손에는 모양이 망가진 단어장이 있었다. 그 옆에서 스크린 도어를 바라보고 있던 쓰바사도 오지로의 반응으로 알아차린 듯 가볍게 손을 흔들었다. 마침 들어온 열차의 바람에 쓰바사의 숱 많은 머리가 날리면서 뚫은 자리가 거의 막힌 귀가 드러났다. 그 둘 뒤에 서 있는 사람에게 살짝 머리를 숙이며 자연스럽게 새치기에 성공했다.

"마쓰이 님이 이 시간에 웬일이야?"

마도카를 맨 처음 '마쓰이 님'이라고 부르기 시작한 사람은 오지로였다.

'완전 왕자님이잖아. 마도카같이 생기지도 않았고.'

재치 있는 발언 아니냐는 듯한 오지로의 표정에 기가 눌린 사이 주위에서 찬동하는 바람에, 이제 반에서 마도카의 호칭은 '마쓰이 님'으로 통일되어 가고 있었다. 그렇게 부르지 않는 사람은 별로 말을 해 본 적이 없는 애 아니면 쓰바사 정도였다.

"동아리 은퇴했거든."

"아, 그렇구나. 고생 많았어."

열차가 토해 낸 사람들과 엇갈려 칸에 올라탔다. 빈자리가 띄엄띄엄 있을 뿐이라 맞은편 문 앞에 서기로 했다. 바깥과 열차 안의 온도 차 탓에 오지로의 안경에 부옇게 김이 서렸다.

대다수 학생은 세타가야선이나 덴엔토시선의 하행선을 이용한다. 마도카와 오지로는 시부야까지 갔다가 도요코선으로 갈아타고 다시 요코하마 방면으로 가는 번거로운 등하교 경로라, 특별히 약속하지 않아도 같은 전철을 타고 등교할 때가 많았다. 쓰바사의 집은 덴엔토시선 하행선 쪽이었던 것 같다.

마도카의 시선에 쓰바사가 대답했다.

"신오쿠보에 뭘 먹으러 가는 길이야."

"트위터 사람이랑?"

"마미 씨랑 신겐모치 씨."

인터넷에서 알게 된 사람을 직접 만나지 말라는 어른들의 명령을 쓰바사는 아무렇지도 않게 어긴다. 쓰바사에게 그들은 모르는 사람이 아니니까.

쓰바사는 직접 만든 스마트폰 케이스의 뒷면을 과시하듯 들어 보였다. 반짝이가 든 투명 케이스 너머로 금발을 나부끼는 아이돌과 눈이 마주쳤다. 지난주에는 다른 여자애의 폴라로이드 사진이었던 것 같은데.

오지로도 알아차린 듯했다.

"쓰바사, 최애 또 바뀌었어?"

"바뀐 거 아냐. 늘어난 거지."

"불순하긴."

"헐? 나가 죽어."

상대방을 함부로 대하는 언동은 두 사람이 중등부 때부터 키워 온 친밀함을 입증했다. 깔깔 웃어 대는 오지로를 무시하고 쓰바사가 물었다.

"마도카, 넌 어디 가는데?"

"누구 만나러."

쓰바사가 누구는, 하고 코웃음 쳤다.

"그냥 남친이라고 하시지?"

"음."

우미를 남친이라고 하는 것은 어쩐지 싫었다. 연인이라할 만큼 달짝지근한 분위기는 아니고, 짝이라 할 만큼 스스럼없는 관계도 아니고. 요새 많이들 쓰는 파트너라는 호칭도 실체가 따르지 않는, 속 빈 강정처럼 느껴졌다. 사귀는 사람이라는 게 현재로는 그나마 가장 들어맞는 명칭이었다.

"나도 남친이나 사귈까."

쓰바사가 하는 말은 대개 공기로 부풀어 있었다. 누구도받아 주지 않는 말은 히터 바람에 밀려 올라가 광고판에 걸려 돌아오지 않았다.

안경 렌즈가 맑아진 오지로는 손에 든 단어장을 내려다보고, 쓰바사는 곧 만날 친구와 연락하는지, 엄지손가락이 바쁘게 스마트폰 화면 위를 오가기 시작했다.

[어쩌지 대각선 맞은편 앞쪽 문 근처에 있어]

잠금 화면에 뜬 메시지를 보고 얼굴을 들었다.

띄엄띄엄 서 있는 사람들 틈으로 맞은편 앞, 문 부근에서 우미를 발견한 것과 동시에 메시지가 또 도착했다.

[약속 장소에서 만나도 돼?]
[ㅇㅇ]

귀찮은 일은 피하고 싶었다. 얼굴은 움직이지 않고 눈으로만 힐긋 확인하니 오지로는 여전히 단어장을, 쓰바사는 스마트폰을 보고 있었다. 마도카보다 키가 작은 두 사람에

게는 보이지 않겠지만, 최대한 스마트폰을 몸에 바짝 붙인
채로 입력했다.

[천천히 갈 테니까 먼저 가 있어]
[○○ 가게는 여기 링크]

보내 준 링크를 탭하니 낡아 빠진, 좋게 말하면 고색창
연한 가게 사진이 떴다. 유명한 핫케이크 가게다. 마도카가
다른 제안을 하는 일은 없으니 불평할 수 없지만 우미는 단
것을 좋아해서 문제다. 머리를 조아리는 곰 이모티콘으로
답한 다음 코트 주머니에 스마트폰을 넣었다.
'이번 역은 시부야역입니다. 내리실 문은 이쪽입니다.'
역 이름을 네 개 언어로 표시하는 전광판을 보는 사이에
열차가 속도를 줄였다. 대각선 방향에 어느새 키 큰 학생
집단이 서 있어서 우미가 가려졌다.
멈춰 선 열차가 숨을 토했다.

야마노테선으로 갈아타는 쓰바사와 헤어져 오지로와 나란히 에스컬레이터를 타고 내려갔다. 넓은 역 광장을 흘러가는 사람들 가운데 앞쪽에서 우미의 작은 뒷모습이 빠른 속도로 더욱 작아지는 것이 보였다.

오지로 모르게 걷는 속도를 슬그머니 낮추었다.

도요코선 플랫폼은 시부야의 골짜기 깊은 곳에 있다. 툭툭 끊기는 전파와는 반대로, 플랫폼으로 이어지는 에스컬레이터는 2배속으로 재생되는 동영상의 속도로 나아간다. 나란히 붙은 왁싱 숍과 발모제 광고 포스터가 쉼 없이 옆으로 흘러갔다.

플랫폼을 사이에 두고 위치하는 두 하행선 선로 중 한쪽에 이미 역마다 정차하는 완행열차가 서 있었다. 두 사람은 맞은편 선로에서 급행을 기다리기로 했다. 상행선에 들어오는 열차 소리와 터널에서 불어오는 바람, 혼잡한 인파의 웅성거림이 메아리쳤다.

"남친 이야기 좀 해도 돼?"

마도카는 알고 있다. 이건 흡연자인 삼촌의 '담배 피워도 돼?'와 마찬가지로, 승낙을 얻기 위한 물음이 아니라 지금부터 오지로가 할 행동에 대한 선언이다. 캐치볼을 원하는 게 아니다. 단순한 벽 치기이니 날아온 말에 '응.'이라고 대답만 하면 된다.

"저번에 집에서 할 때, 남친이 말이지."

"응."

"도중에 갑자기 '으악!' 하고 소리를 지르길래 뭔 일인가 했더니 생리를 시작했더라고."

"응."

날아온 말을 받아들이지 않고 그저 받아넘긴다. 캐치볼이 아니라 랠리를 하다 보면 이해되지 않는 이야기도 순조롭게 이어진다.

"시트에 묻으면 안 되니까 브리지? 거꾸로 플랭크? 그런 자세로 궁둥이를 쳐들고 곧바로 침대에서 내려왔는데 완전 식겁하는 거야."

"브리지 자세 때문에?"

"피바다가 돼서. 아니, 둘 다려나? 여자야 다들 익숙하지만 남자는 본 적 없잖아. 진짜 피 말이야. 엄청 졸았더라. 왈칵 쏟아졌으니까."

"으음."

"사흘째 라인도 안 읽고 무시하는 걸 보면 헤어질지도. 나 대학 붙으면 어차피 장거리 될 테고, 고등학교 졸업할 때까지만 만나는 거라고 생각했으니까 아무래도 상관없긴 한데, 학원에서 남친하고 수업 겹치거든."

"헉."

"가기 싫다. 그래도 갈 거지만. 뭘 귀찮게 무시하고 그러나 싶어서."

"그건 그래."

"나도 쓰바사처럼 쓰리디 인간들은 버릴까. 아니, 그 전에 대학부터 가야 하나."

오지로가 든 단어장에 포스트잇이 잔뜩 붙어 있었다. 겉

표지는 어디론가 달아나고 밖으로 드러난 속표지 가장자리가 땀에 젖어 둥글게 말려 있었다. 같은 재단 대학으로 진학하는 쓰바사, 지정 학교 추천 입학을 노리는 마도카와 달리 오지로는 국립대 지망이다.

"단어장 봐도 돼. 나도 같이 공부할게."

"아, 응. 고마워."

단어장 페이지가 사이타마에서 온 급행 전철의 바람을 맞아 펄럭였다. 방송국에서는 '도쿄 시민에게 물어봤습니다.' 하고 맨날 하치코 동상 앞이나 시부야 109 옆에서 촬영하는데, 시부야에 있는 사람 절반은 사이타마현(縣)민이고 나머지 절반은 가나가와현민이다.

"미안, 마쓰이 님은 말하기 편해서 말이지. 같은 처지라 그런 것도 있지만."

급행에서 내린 사람 대다수는 역 광장으로 이어지는 에스컬레이터 앞에 줄을 서고, 몇 명은 완행 쪽으로 이동했다. 마도카는 완행을 타도 상관없었지만, 아가리를 크게 벌리고 재촉해 대는 급행에 등 떠밀려 올라탔다.

인간을 배 속 가득 욱여넣은 전철이 천천히 몸을 일으켰다. 오지로가 손잡이를 잡지 않으려고 마도카가 멘 배낭의 바깥 주머니를 붙들었다. 남녀 모두 탄 열차 안, 코트의 먼지 냄새와 난방의 온기를 머금은 공기 중에도 여학교 냄새가 감도는 것 같다.

"여자가 된 걸 다른 사람들한테 들켰다간 골치 아파지니까 비밀로 해 둬."

유난히 후각이 발달한 오지로는 마도카에게 사귀는 사람이 있다는 것을 눈치채고 그렇게 말했다. 마쓰이 님이라고 이름을 붙였을 때처럼 재치 있는 발언을 한 듯한 표정이었다.

북쪽 출구에서 가까운 학원에 가는 오지로와 헤어져 남쪽 출구로 나와 약속 장소인 카페로 향했다. 낙엽 진 산책로 초입에 자리한 가게 앞에 선명한 청색의 컨버터블 칼라 코트를 여미며 우미가 서 있었다. 추운지 타이츠를 신은 다리를 맞비비고 있었다.

"우미."

마도카가 부르자 바람에 딱딱하게 굳어 있던 얼굴이 누그러졌다. 갈색이었던 긴 머리를 검게 염색했다. 머리가 목도리 밖까지 삐져나와 있었다.

"염색했구나."

"이제 취업 준비랑 인턴 같은 것도 해야 하니까. 이상해?"

잘 어울린다고 대답하자 우미는 만족스레 입꼬리를 올렸다. 처음 만났을 때 검은 머리였던지라 오히려 지금이 더 익숙하게 느껴지기도 했다. 달라진 것은 머리 색뿐, 여느 때처럼 눈썹은 위로 올라갔고 뺨은 장밋빛이고 모공은 꼼꼼하게 가렸고 콧구멍이 조그맣게 빛났다.

두꺼운 더플코트의 팔꿈치 쪽을 우미가 손가락으로 붙드는 게 느껴졌다.

"친구한테 들키진 않았고?"

"아마 괜찮을 거야."

"다행이다. 들어갈까?"

고개를 끄덕이고 무거운 아치형 문을 열었다. 머리 위에서 종이 울렸다.

앞치마를 두른 점원이 창가의 2인용 좌석으로 안내해 주었다.

"우미, 어느 쪽에 앉을래?"

카페 안이 잘 보이는 창가 자리, 아니면 유리 너머로 바깥이 보이는 안쪽 자리.

"나는 창가에."

천장 모퉁이에 설치된 커다란 텔레비전에서는 가게 안에 흐르는 컨트리 뮤직에 방해되지 않도록 소리 없이 축구 중계가 나오고 있었다. 입구의 책꽂이에 무질서하게 꽂힌 잡지와 제작 연도가 제각각인 비품, 코바늘뜨기로 만든 태피스트리 탓에 가게라 하기에는 번잡스러운 공간이었다.

우미는 코트를 벗어 소파 구석에 놓고, 앉자마자 스마트폰을 들고 여기저기 사진을 찍기 시작했다. 다른 손님도 얼굴을 알아볼 수 있을 만큼 선명하게 찍혔을 것 같아, 근처 테이블의 중년 여자들이 화내지 않을까 불안해졌다. 조금 떨어진 테이블에는 같은 또래인 듯한 여자애들 몇 팀과 남녀 한 쌍이 있었는데, 그들도 마찬가지로 사진을 찍으러 온 것 같았다.

교복을 입은 마도카와 사복 차림의 우미는 주위에 어떻게 보일까. 나이 차가 나는 자매일지도 모르고, 선배를 만나러 온 후배일 수도 있고, SNS에서 만난 친구일 가능성도 있다. 적어도 중앙 테이블에서 얼굴을 맞대고 웃는 남녀처럼 첫눈에 연인으로 인식될 일은 십중팔구 없을 것이다.

우미가 사진 찍기에 열중하는 사이 테이블에 놓인 코팅된 수제 메뉴판을 펴 보니, 대충 찍은 사진 밑에 라벨 프린터로 뽑은 메뉴 이름이 붙어 있었다. 두툼한 핫케이크에 곁들이는 음식은 대략 식사 계열과 디저트 계열로 나뉘어 있기에, 칼로리가 낮을 듯한 식사 계열 메뉴를 주문하기로 했다. 메뉴판이 하나뿐이라 우미가 보기 편하도록 돌려놓았다. 스마트폰을 테이블에 내려놓은 우미가 페이지를 넘기며 메뉴를 음미하기 시작했다. 한 번 쭉 훑어보고 결정한 마도카와 달리 몇 번씩 왔다 갔다 했다.

"뭘 가지고 고민하는데?"

"시즌 한정 메뉴로 할지 인기 메뉴인 베이컨 치즈로 할지."

"그럼 내가 베이컨 주문해서 반반 나눠 먹을까?"

"그래도 돼?"

"응."

사실은 참치 샐러드를 시킬 생각이었다. 우미는 신난다며 환성을 지르고 눈이 마주친 점원에게 고개를 까닥했다. 주문을 마치고 찬물을 한 모금 마신 다음, 눈썹으로 팔자를 그리며 두 손을 모으고 눈을 치떠 마도카를 쳐다봤다.

"저번에도 말했지만 크리스마스에 마감 시간까지 알바해야 해."

"괜찮아. 나도 겨울 방학 특강 있으니까."

"추천 입학이지? 나 때랑 전형이 달라졌던가? 한동안 긴장을 못 늦추겠네. 합격하면 여행이라도 갈까?"

그 말에 건성으로 대답했다. 우미는 내년 이맘때에도 마도카가 당연히 곁에 있으리라고 상상할 수 있는 것이다. 컵에 물방울이 맺힌 것 같아 닦았지만, 종이 냅킨은 별로 젖지 않았다. 테이블 한가운데에 붙은 '금연해 주세요' 플레이트로 시선을 옮겼다.

"가기 싫어?"

우미는 볼을 어느 정도 부풀리면 얄빠져 보이지 않을지 잘 알고 있다.

우미와 시험 삼아 사귀기 시작한 지 약 석 달이 지났다.

"아니야."

생크림 위에 사과 조림을 산더미처럼 얹은 핫케이크와 접시까지 흘러내린 치즈 한가운데에 베이컨을 잔뜩 올린 핫케이크를 양손에 들고 점원이 나타났다. 우미가 즉각 사진을 찍기 시작하기에 마도카도 한 장 찍었다. 『구리와 구라』(두 들쥐의 소박하고 즐거운 일상을 그린 일본의 유명 동화책 시리즈_옮긴이) 같으면 이런 일은 하지 않는다. 우미가 고개를 갸웃했다. 얼굴 살이 늘어지지 않는 각도였다.

"반창고는 왜?"

"종이에 베였나 봐."

"저런, 아프겠다."

몇 번을 만나도 우미와의 대화는 대개 무조건 반사에 가까웠다. 몸속에 침투하지 않는다. 부딪혀 온 것을 되받아치는 것도 아니다. 이마의 15센티미터쯤 앞에서 피상적인 말로만 받아내는 대화다.

우미 뒤, 선반에 놓인 도기 장식품에는 살짝 먼지가 앉아 있었다. 전에 먼지가 빛나는 순간을 목격한 적이 있는데, 지금 여기 있는 먼지는 그냥 회색이었다.

우미와 마도카가 서로에게 유일무이한 타인이 되기는 어려울 듯했다.

'유일무이한 타인'은 마도카에게 특별한 의미를 갖는 말이다. 핫케이크를 먹고 편지를 쓰는 것 같은 보편적인 일을 해도 세상이 눈부시게 보이는, 다른 사람으로는 대체 불가능한 관계에 '유일무이한 타인'이라고 이름을 붙였다. 그림책에 등장하는 구리와 구라, 개구리와 두꺼비 같은 2인조를 동경했다. 어린애 같은 표현을 쓰자면 '최고의 친구'인데, 그건 친구의 연장선에 있는 것 같기도 하고 아닌 것 같기도 했다.

 초등학교를 졸업하기 직전 유일무이한 타인에 가장 가까웠던, 단짝이라고도 할 수 있을 만큼 친했던 남자애가 사귀자고 한 적이 있었다. 그 친구와 유일무이한 타인이 되고 싶었던 마도카는 '연인은 유일무이한 타인과 다르다, 굳이 따지자면 되레 유일무이한 타인에서 멀어지는 것 같아 싫다.'고 설명했다. 그러자 친구는 보통 유일무이한 타인을 연인이라고 부른다며 설득했다. 돌이켜 생각해 보니 연애에 관심을 보이던 주위 여자애들도 좋아하는 사람과 함께 하면 그 어떤 평범한 일도 특별해진다고 이야기했다. 그런 말을 들으면 아닌 게 아니라 유일무이한 타인과 연인은 동의어인 것도 같았다. 마도카는 자신이 세상 물정을 모르는 것이라 납득하고 사귀어 보기로 했다.

남자 친구가 된 그 애는 마도카가 다른 친한 남자애와 이야기하면 눈에 보이게 질투하기 시작했다. 친구 위에 연인, 그 위에 가족이 자리하는 피라미드가 존재하며 마도카와 다른 친구의 친밀도 눈금이 올라가면 연인 자리를 빼앗긴다고 생각하는 듯했다. 그 애가 불태운 질투심에 마도카의 솜털이 그을렸다.

마도카가 상상하는 유일무이한 타인은 중요도 피라미드의 바깥에 위치하는 특별한 존재이니 독점할 필요도, 질투할 필요도 없었다. 일등석의 차례가 어떻게 바뀌든 2층에 있는 특등석은 없어지지 않는다. 그 누구도 대신할 수 없는, 아주 다정하게 대해 주고 싶어지는 사람이니까.

매일매일 언제 어디서나 함께 있는 게 사귀는 사람의 의

무가 된 순간, 남자 친구가 된 애와 이야기하는 게 귀찮아졌다. 유일무이한 타인이라면 설령 만나지 않아도, 얼마 동안 이야기를 나누지 못해도 상대에 대한 감정이 작아질 리 없었다. 남자애가 잡은 손이 축축해 꺼림칙했다.

앞으로는 그림책 속 2인조처럼 더 친해져 어디든 갈 수 있고 뭐든 될 수 있을지 모른다고 설레는 마음으로 시작한 교제는, 벚꽃 봉오리가 움트기 시작할 무렵 시작했다가 꽃잎이 탁한 물웅덩이에 가라앉는 것과 동시에 끝났다.

어머니가 시키는 대로 시험을 봐서 운 좋게 합격한 사립여자 중고등학교에 진학했다. 입학하자마자 쉽게 만질 수 있지만 실제로는 아무도 손대지는 않는 왕자님으로 떠받들리기 시작했다. 친한 친구는 몇 명 생겼지만, 유일무이한 타인은 찾지 못했다.

반쯤 포기한 채 고등학교 2학년이 되었을 때 우미를 만났다.

우미는 가을경에 교생 실습을 나왔다. 고등학교 1학년

담당이었는데, 칠판 글씨가 하도 지저분해 읽을 수 없다는 평판이 다른 학년에까지 퍼졌다. 전교생 앞에서 다른 교생들과 나란히 서서 인사하는 우미는, 여자들의 동산에서도 특출나게 우월한 여자의 모양새에 행동거지도 완벽했던지라, 아무리 1학년 후배들이 우미의 글씨가 지저분하다고 열변을 토해도 그 모습이 상상되지 않았다. 교생 실습 마지막 날 방과 후, 일지를 제출하러 교무실로 가니 담임이 자리에서 교생들과 이야기하고 있었다. 옆에 있는 교장실 외벽에 매립된 수조를 구경하며 시간을 때우고 있자 우미가 와서 옆에 섰다.

분명 맨 처음 한 말은 "아쿠아파차 좋아해?"였고 마지막 말은 "인스타 해?"였을 것이다. 어쨌거나 이 학교 졸업생인 모양인데 거절하면 실례일 것 같아서 스토리만 올리는 인스타그램 아이디를 알려 주자 그날 밤 DM이 왔다. 입시에 관해 궁금한 게 있으면 알려 줄 테니 같이 가볍게 밥이라도 먹으면서 이야기하면 어떻겠냐는 내용이었다. 특정 학생만

편애한다고 학교에 알려지면 혼나니까 비밀로 해 달라는 말도 덧붙어 있었다.

우미는 이탈리아 음식점으로 데려가 DM에 쓴 대로 입시 상담을 해 주었다. 메모지에 쓰인 우미의 글씨는 읽을 수 없을 정도는 아니었지만 지저분하다고는 할 수 있었다. 나쁜 사람은 아닐 것 같았다.

집에 오는 길에 "나랑 사귀면 진짜 재미있을 텐데, 사귀지 않을래?"라고 하기에 이 사람, 처음부터 그럴 생각이었구나, 하고 비로소 깨달았다. 그러고 보니 이야기하는 도중에 우미의 얼굴 각 부위가 사방팔방으로 분열하나 싶다가 갑자기 중심으로 모이고, 눈에서 삶은 달걀이 발효한 듯한 냄새가 나기 시작했었다. 그런 모습을 본 적이 있었다. 사랑에 빠진 사람의 모습이었다.

마도카가 원하는 관계는 여전히 유일무이한 타인이었다. 우미가 바라는 연인 관계에는 마음이 끌리는 게 아무것도 없었다.

다만, 『개구리와 두꺼비』(개구리와 두꺼비의 우정을 그린 미국의 유명 동화책 시리즈_옮긴이)나 『구리와 구라』처럼 둘 사이에만 존재하는 문맥을 길러 낸, 둘만의 시간이 흐르는 관계를 인간 세계에서는 손에 넣기 쉽지 않다는 것도 성장하면서 점차 이해하기 시작했다. 서로 다른 곳에 살면서도 계속해서 함께 식사를 하고 어딘가에 놀러 가고 대가도 없이 잘해 주려면, 인간의 경우 연애 감정이 따르지 않으면 안 된다고 짐작하게 되었다.

그림책 속 2인조는 동물 수컷들이었으니 인간 암컷인 마도카가 그들처럼 되기는 더더욱 어려울 수도 있다.

어쩌면 질투심과 독점욕은 10대의 유치함에서 비롯되는 것이고 어른의 연인 관계는 유일무이한 타인의 관계와 비슷할지도 모른다. 어른은 연인 관계에서 출발해 가족처럼 된다고 하는데, 가족이라면 연인보다는 유일무이한 타인에 가깝다. 일단 시도해 보고 싶었다. 아직 누군가와 사귀어 본 건 한 번뿐이고, 전에 사귀었던 사람은 남자애였다. 마도카는 아직 연애에 관해 잘 모르니까 사실은 연인이 유일무이한 타인인데도 인식하지 못했을 가능성이 있다. 게다가 우미는 동성이라는, 그림책 속 조건과는 일치했다.

"솔직히 사귀는 게 어떤 건지 잘 모르겠어서요."라고 하니 "그럼 시험 삼아 사귀어 볼까?"라는 대답이 돌아왔다. 그래서 우미는 지금도 둘이 사귄다기보다 시험 기간 중이라고 생각하고 있었다.

"앙."

우미는 유치했다. 성인이 되어 교복을 벗었는데도 이 모양인가 하는, 경멸에 가까운 낙담이 마도카의 마음속에 있었다. 전에 사귀었던 애와 별 차이가 없어 보였다.

"……창피해서 싫어."

우미가 내민 스푼에 설탕 덩어리가 얹어져 있었다.

다른 사람을 만날 때 백이면 백 음식을 사이에 두는 게 불편하다. 음식이라는 완충재가 없으면 대화가 잘 이어지지 않는지도 모른다.

우미의 손을 치우자 테이블 위에 없는 무언가의 향기가 났다.

"금목서 같은 냄새가 나네."

"내 향수야. 전에 좋다고 했잖아."

그런 말을 했던가? 얼마 전 갔던 카페에서 금목서 파르페를 먹었을 때 했는지도 모르겠다. 우미는 마도카가 잊어버린 작은 일까지 다 기억한다.

보나 마나 오늘도 집에 갈 무렵에는 이야기의 태반을 잊어버릴 것이다. 잊어버릴 만한 시간이 흘러간다. 기억나지 않을 만큼 즐거운 시간을 보냈다면 좋을 텐데. 마도카는 우미에 관해 아는 게 거의 없다. 그저 우미를 형성하는 흐릿한 윤곽에만 의지해 사귀고 있을 뿐이다.

"아까 하던 여행 이야기 말인데, 너나 나나 그간의 노고를 위로하는 의미로 온천 같은 데는 어때?"

우미의 제안에 "그거 좋겠다."라고 우미가 원하는 답을 해 주었다. 질척한 눈동자에 발이 빠지기 전에 핫케이크에 집중하는 척 거리를 두었다.

　마음속에서는 이미 결론을 내렸건만 결심이 서지 않아, 있을 것 같지 않은 작은 희망을 바라며 막연히 사귀고 있었다.

　집 근처 역에 도착하니 주머니 속에서 스마트폰이 진동했다. 전화를 거는 곰 이모티콘이 표시되어 있었다. 이모티콘만으로 의사소통을 할 수 있도록 일상 대화용 이모티콘 몇 개를 어머니께 사 주었는데, 너무 여러 번 탭을 했는지 곰이 세 개나 와 있었다.

　"왜?"

　"마도, 오는 길에 랩 좀 사 올래? 짧은 걸로. 또 마루 시트랑……."

　"잊어버리니까 라인으로 보내라고 했잖아."

　"일일이 쓰는 것보다 전화가 빠른걸."

"하다 보면 익숙해져. 나도 처음엔 느렸다고."

"알아요. 그리고 칫솔이랑…… 생리대는 괜찮니? 필요하면 사 와도 되는데."

세면대 밑 욕실 장 속 깊숙이 넣어 둔 생리대는 마도카 것이었다. 어머니는 생리가 끝나 쓸 사람은 이제 마도카밖에 없었다.

걸으면서 통화하는 사이 드럭스토어에 다다랐다.

"사 갈게. 끊어."

랩, 마루 시트지, 칫솔. 계산대 앞에 늘어선 긴 줄 끝에 섰다.

드디어 올해가 끝난다. 크리스마스 선물로 우라시마 타로(용궁에 갔다가 300년 만에 돌아왔다는 일본 전래동화 속 인물. 열어 보지 말라는 상자를 열자 순식간에 늙고 말았다._옮긴이)가 용궁에서 받은 상자가 갖고 싶다.

"오, 마도, 이제 고추냉이 넣은 것도 먹을 수 있냐. 어른이 다 됐군."

불그레한 얼굴의 삼촌이 한 말에 고모가 "오빠, 그 말 매년 하네."라며 끼어들었다.

정월 초하루는 아버지 본가에서 보낸다. 거실의 커다란 테이블을 둘러싸고 할머니가 오랜 단골이라는 초밥집의 고급 초밥을 먹는 게 마쓰이 가의 관습이었다. 4년 전 세상을 떠나기 전까지 할아버지가 앉던 상석에는 아무도 앉지 않고, 한쪽에 할머니와 큰아들인 아버지, 작은아들인 삼촌이, 반대쪽에 고모와 마도카, 마도카의 어머니가 앉았다. 어머니는 부엌과 거실을 오가는 터라 마도카의 오른쪽 어깨가 조금 추웠다.

"엄청 컸네. 형도 형수님도 키가 작은데 누굴 닮았는지."

"미유키네 아버님, 어머님 두 분 다 키가 많이 크셨으니까 그쪽 유전자일지도 모르지."

어머니 쪽 집안은 어머니만 빼고 모두 키가 큰지라, 키에 맞춰 설계한 어머니의 본가는 이쪽 집처럼 상인방에 머리를 부딪칠 염려도, 수건걸이가 너무 낮아 불편한 것도 없었다. 유일하게 키가 작은 어머니는, 편리함만 따지면 나고 자란 집보다 이쪽이 나을지도 모른다.

"키 큰 건 좋지만 너무 마른 거 아니니? 미유키가 잘 먹이지 않아서 그래."

그렇게 말한 할머니 앞에 어머니가 찻종을 놓으며 입을 열기도 전에 "아뇨, 저 꽤 많이 먹어요. 할머니 참치 뱃살도 호시탐탐 노리고 있는걸요."라고 큰 소리로 말했다. 할머니는 웃으며 참치 뱃살 초밥을 접시에 덜어 마도카에게 주었다. 사실 기름기 많은 참치 뱃살은 좋아하지 않지만, 할머니가 매년 남기는 것을 아는지라 일부러 그걸로 골랐다. 게다가 참치 뱃살을 좋아한다고 하면 어린애 취향이라고 좋은 인상을 줄 것이라는 타산도 있었다.

"참치 뱃살은 이제 버겁다니까. 나도 늙었는지."

삼촌이 기쁜 표정으로 자신의 노쇠를 보고하고 아버지

도 "나도 요새 마블링이 잘된 고기는 힘들어."라고 끼어들
면서 화제가 마도카의 신체에서 벗어났다.

참치 뱃살의 기름기 탓에 속이 메슥거릴 것 같아 초생강
을 잔뜩 먹고 차와 함께 꿀꺽 삼켰다.

"그러고 보니까 마도, 내년에 대학 입시지? 힘들겠다. 우
리 때랑은 다르지? 센터 시험이던가?"

화제가 다시 마도카에게로 돌아왔다. 삼촌 나름대로 마
음을 써 주는 것이겠지만, 마도카가 무슨 말을 할 때마다
어른들은 신나서 옛날이야기를 끄집어낸다. 결국 마도카는
화제를 따라가지 못하거나 관심 없는 이야기를 들어야 할
때가 많다 보니, 차라리 그냥 내버려 두는 편이 마음이 편
했다.

"공통 테스트[3]로 바뀌어요."

"어이구. 삼촌은 이제 따라가지도 못하겠다, 야. 아저씨
가 다 됐어."

"진짜 못 따라가겠지. 나도 뭐가 뭔지 통 몰라서 마도카

에 관한 건 이 사람한테 다 맡기고 있다니까."

"오빠는 알고 있어야지. 자기 애인데."

"난 직장이 있잖아."

"미유키 씨도 직장 다니거든."

고모와 아버지의 중간 지점에서 전쟁이 공격적인 빛을 발하기 시작했다. 삼촌이 계속 "에이, 그러지들 말고."라고 반복했지만 아무런 도움이 되지 못했다.

"내 직장이 얼마나 힘든데."

"힘든 척하는 사람일수록 사실은 별거 아니고 그렇더라."

"네가 그 모양이니까 저번 회사에서 문제 일으켜서 못 있게 된 거 아니냐. 기껏 미유키 연줄로 미유키네 회사에 들어갔는데, 그러다 잘린다."

"연줄이 아니라 소개야."

"그게 그거지."

매년 이렇다. 고모는 아버지와 별로 사이가 좋지 않다.

보나 마나 싸울 테니 구실을 만들어 오지 않으면 될 텐데, 꼬박꼬박 온다. 나쁜 사람은 아닌 것 같지만 성격이 드센 고모가 마도카는 조금 불편했다.

할머니가 끼어들었다.

"미카코, 네가 사과하렴."

"사과하는 건 오빠가 더 익숙할걸. 주로 일 관련해서."

아버지가 맥주병을 탕 내려놓은 충격으로 작은 접시에 담긴 간장이 출렁거렸다.

"어이구 참, 그러지들 말고. 설이잖아? 미카코도 직장 옮긴 지 얼마 안 돼서 피곤하지? 지난번 상사가 워낙 심했잖냐. 형도 일하느라 힘들지?"

삼촌의 둥근 이마가 조명을 반사해 빛났다. 어떻게든 분위기를 수습하려는 삼촌의 노력을 무시하고 할머니가 아버지 역성을 들었다.

"미카코 쟤는 옛날부터 꼭 저런다니까. 오빠들하고 다르게 똑똑한 척만 하지, 여자가 돼 가지곤 다른 사람 기분을 생각할 줄 몰라. 맨날 정신 못 차리고 혼자 있으니까 어른이 돼서도 그 모양인 거야."

할머니는 마도카에게 인자한 할머니였다. 삼촌도 다소 성가신 구석은 있어도 사람 좋고 분위기 맞출 줄 아니, 고모만 없으면 더 평화롭게 초밥을 먹을 수 있었다.

어머니는 아직 부엌에서 오지 않았다. 설거지라도 하는지 물소리가 들렸다.

고모가 원래 어머니와 아는 사이여서 고모를 통해 어머니와 아버지가 만나 결혼했다고 들었다. 그러니 어머니에게 고모에 대한 불만을 말하러 갈 수는 없다. 그렇다고 아버지 편을 드는 것은 어쩐지 아닌 것 같다.

"미유키 씨, 그러다 초밥 다 마르겠어요. 설거지는 나중에 하고 같이 먹어요."

고모는 할머니의 말도, 아버지가 노려보는 것도, 삼촌이 땀 흘리는 것도 무시하고 초밥 몇 개를 접시에 덜어 부엌으로 사라졌다. 물소리가 그쳤다. 둘이 뭐라 이야기하는 듯했지만, 거실에서는 들리지 않았다.

그때까지 기척을 감추고 있던 마도카가 과감하게 말했다.

"할머니, 참치 뱃살 맛있어요. 고맙습니다."

"마도는 소이치로를 닮아서 착하구나. 쟤도 좀 보고 배우면 좋을 텐데."

삼촌이 빈 잔에 "자작은 쓸쓸하네."라며 맥주를 따랐다. 거품은 잔에서 넘치기 직전에 멈추었다. 어머니가 옆자리로 돌아오면 좋겠다는 마음도 있고 오지 말았으면 좋겠다는 마음도 있었다. 온풍기의 더운 바람이 목덜미에 불어 마도카는 히트텍을 입고 온 것을 후회했다. 마도카가 "맥주 더 가져올까요?"라고 묻자 삼촌이 "오, 그럼 현관에 상자가 있으니까 가져올래?"라고 하기에 썰렁한 복도로 나왔다.

낡은 목조 가옥은 한겨울이면 냉장고보다 추웠다. 목에 배어 있던 땀이 사라져 갔다. 스마트폰에 오지로의 메시지가 와 있었다.

[복 받아 지금 친척 집 은근 지옥]

[복 받아 그치]

[집에 가고 싶다]

'더는 무리'라며 몸이 흐늘흐늘 녹은 토끼 이모티콘을 보냈기에 '포메라니안이 돼라!' 하고 마법을 거는 개 이모티콘으로 답했다. 차라리 개가 되고 싶었다. 수컷인지 암컷인지 구별도 되지 않는 낙서 같은 그림체의, 진짜 개가 맞는지 판단도 서지 않는 털북숭이 생물로 사람들 사이를 오가며 살고 싶었다. 하지만 마도카는 이렇게 엄지만 재빨리 움직이니 개가 될 수 있을 것 같진 않았다.

동급생들과 함께 수강한 연말의 겨울 방학 특강은 다른 학교의 또래 남학생들이 한 교실에 있는 탓에 마도카는 상대적으로 여고생이 됐다. 남자 친척이나 중년 남자 교사와는 다른, 덜 마른 걸레처럼 딱딱하고 비틀린 냄새가 나는 동물이 과거에 마도카와 같은 형태였을 것 같지 않았다. 초등학교 때 어떻게 대했는지조차 기억나지 않았다. 이제 몇 년 뒤면 입시 학원 교실과 비슷한 세계로 가게 될 것이다.

얼른 겨울 방학이 끝나 여학교로 돌아가고 싶었다. 자기보다 작고 몸에 지방이 붙은, 명백히 여자의 형태를 한 동물만 가득한 세계에서 이물 취급을 받아도, 잠정 남자로 떠받들려도, 그냥 마도카로 오래오래 지내고 싶었다.

코트 밖으로 삐죽 나온 막대기 같은 다리를 보고 할머니가 "잠깐 기다리렴." 하더니 침실로 사라졌다.

서른 개들이 휴대용 손난로를 건네며 할머니는 마도카의 어깨를 문질러 주었다.

"여자애는 몸이 차면 안 돼."

할머니는 자기 감정에 정당성과 설득력을 부여하는 말을 그것밖에 알지 못한다. 할머니의 개인적 감정에서 나오는 말이 아니라 세상 사람들 눈에도 여자애는 그래야 하니까, 많은 사람이 하는 말은 옳으니까 몸을 아끼렴, 그런 식으로 말하고 싶은 것이다. 축축하게 젖은 작고 까만 눈동자가 마도카를 비추고 있었다.

할머니의 눈빛을 받으며 마도카는 자신에게서 몸뚱이가 분리되는 듯한 느낌을 받았다. 살갗이 필러로 벗겨 낸 것처럼 부슬부슬 떨어져 나가고 혈관과 신경은 실처럼 퍼져 바람에 날아간다. 비바람에 노출된 넓적다리뼈에는 녹말가루 덩어리 비슷한, 차갑고 투명한 게 무수히 달라붙어 있고, 거기서부터 다양한 리본이 몸통에 휘감겨, 할머니의 핏줄이 단절되지 않게 여자애 형태의 공장을 형성한다. 굴뚝에서 우유 데운 냄새가 피어올랐다. 마도카의 신체는 마도카와 관계없이 소중히 다뤄지는 무언가가 됐다.

천천히 발을 뒤로 빼 할머니 손아귀에서 빠져나왔다.

"고맙습니다. 추우니까 할머니도 얼른 들어가세요."

"너도 조심하렴. 뭔가 이상한 감기도 도니까."

휴대용 손난로 꾸러미를 팔에 안고 손목만 움직여 손을

흔들었다.

돌계단을 내려가 도로에서 현관을 돌아봤다. 할머니는 아까와 똑같은 장소에서 손을 흔들고 있었다.

떨쳐 버리고 한 발 한 발 내디딜 때마다 리본이 툭툭 끊겼다. 이건, 이 몸뚱이는, '나'의 것이니까. '나' 아닌 것은 아무것도 필요 없다.

할머니는 좋아한다.

그렇지만 이건 '나'의 몸이다.

차를 세워 둔 근처 주차장으로 가니 아버지는 이미 조수석에 앉아 있었다. 어머니는 왠지 운전석 문 앞에 서서 마도카의 머리 대각선 위쪽 허공을 향해 손을 흔들고 있었다. 어머니의 시선이 향한 곳을 보니, 할머니 집 2층 창문으로 고모가 얼굴을 내밀고 손을 흔드는 모습이 보였다. 두 사람은 교차하는 시선 위에서 구리와 구라처럼 춤추고 있었다.

마도카가 다가온 것을 알아차리고 어머니는 평소 어머니의 얼굴로 돌아갔다.

월말에 갑자기 쓰바사가 만나자고 했다. 약속 시간은 아침 8시. 고메다 커피에 모닝 세트를 먹으러 가자는 것이다. 쓰바사가 보내 준 구글 지도에는 집에서 자전거로 30분 거리에 있는 지점이 나와 있었다. 아라시의 활동 중단까지 이제 1년도 남지 않았다고 한탄하고 싶은 건가 했지만, 그런 이야기는 트위터 친구에게 할 것 같고, 무엇보다 쓰바사는 여자 아이돌만 좋아했다고 기억한다. 오지로를 빼고 만난다는 게 마음에 걸렸다. 이번 달 두 사람 사이에 서먹한 느낌은 없었던 것 같은데.

자전거를 타고 오느라 머리는 헝클어지고 코는 빨개진 마도카와 달리, 웬일로 지각하지 않고 심지어 마도카보다 일찍 도착한 쓰바사는 말끔한 차림새였다. 틴트를 바른 입술이 반짝였다. 2층에 위치한 가게로 계단을 오르자 이미 세 팀 정도 줄을 서 있었다. 벽에 붙어 서서 자리로 안내받기를 기다리며 곁에 걸린 메뉴판을 살펴봤다. 모닝 세트는 세 종류였다. 음료를 주문하면 토스트 반쪽이 따라 나오고 단팥이나 삶은 달걀, 달걀 샐러드 중 하나를 고를 수 있다.

쓰바사가 짐짓 배를 쓸었다.

"배고프다. 뭐 먹을래?"

"버블티."

"촌스럽게."

두 사람이 안내된 창가 테이블에는 '구마모토현', '사가현'이라고 거칠게 쓴 흔적이 희미하게 남아 있었다. 여기서 교과서를 펴고 바인더 속지에 글씨를 쓰는 초등학생의 모습이 눈에 선했다. 빨간 벨벳 의자에 깊숙이 앉았다. 체인점에 꼬리뼈가 아프지 않은 의자라니 흔치 않다. 쓰바사는 단팥과 멜론 소다를, 마도카는 삶은 달걀과 카페오레를 주문했다.

"입술에 바른 거, 새로 샀어?"

"응. 최애가 인스타 라이브에서 소개하길래……. 입술이 열 개쯤 더 있으면 좋겠다."

쓰바사는 몸 대부분이 최애로 구성되어 있다. 화장품도

옷도 액세서리도 최애가 모델이거나 최애가 개인적으로 사용하는 상품만 산다. SNS에 최애의 풀네임과 브랜드 이름을 쓰고 '○○가 쓰길래 샀어요!'라고 올린다. 그러면 최애는 일이 더 늘고 자기는 최애를 더 자주 볼 수 있는 데다 최애와 같은 물건을 쓸 수 있으니 윈윈이라고 한다.

모닝 세트가 나왔다. 바구니에 든 토스트 반쪽의 3분의 2를 쓰바사에게 주었다. 쓰바사는 '더 먹어.'나 '살 좀 찌워야지.' 같은 말을 하지 않고 "자, 그럼 먹어 볼까?" 하고 받아들여 주는지라 쓰바사와 뭘 먹는 것은 좋아한다. 오지로도 괜한 말을 하지 않는다. 만약 두 사람 사이에 금이 가고 있는 것이라면, 고등학교 졸업까지 점심시간을 쾌적하게 보내기 위해 둘 사이를 중재하고 싶었다. 먹으면서 이야기하는 게 더 편하겠지 싶어 삶은 달걀을 집었다.

"먼저 먹어도 돼. 난 사진을……."

쓰바사는 가방에서 파우치를 꺼내 속에 든 물건들을 테이블에 꺼냈다. 파스텔색 의상을 입고 포즈를 취하며 웃는 평면의 여자애들을 아크릴판에 인쇄해 몸 윤곽을 따라 잘라 낸 것. 발밑에 받침대가 붙어 있어 세울 수 있는 듯했다.

"그거 뭐야?"

"아크릴 스탠드. 덕후들이 집에 장식하거나 사진 찍을 때 쓰는 굿즈야."

쓰바사는 그렇게 말하며 아크릴 스탠드의 위치를 조정했다. 장화 모양 유리잔에 든 멜론 소다를 둘러싸게 배치하고 싶은 듯했다. 여섯 명의 여자애들이 마도카 눈에는 분간이 되지 않았다. 쓰바사는 물수건 등 사진에 나오면 보기 좋지 않을 것은 구석으로 밀어 놓고, 보여 주고 싶은 것만 사진에 나오게 이리저리 만졌다.

"애들 다 네 최애야? 신기하다."

"영업의 일환으로 신겐모치 씨가 준 거야. 내 최애는 여기 포니테일 머리에 키 작은 애고, 나머지는 그냥 같은 그룹 멤버들. 다른 최애들은 각각 다른 그룹에 있어."

"최애가 그렇게 많으면 일일이 챙기기 어렵지 않아?"

"미리 알림 등록해 놔서 괜찮아……. 난 콘서트나 행사 같은 건 안 가고 앨범도 몇 장씩 사지 않고 굿즈도 거의 안 사는걸. 영상은 유튜브에 있고 기사는 누가 스샷을 올려 준 걸로 보고. 내가 쓰는 건 시간뿐이야. 고인물들은 철새라느니 팬 실격이라느니 욕하지만."

사진을 다 찍고 필요가 없어진 아크릴 스탠드 여자애들이 파우치로 빨려 들어갔다. 멜론 소다의 거품이 아까보다 꺼져 있었다.

"실격이라니. 그럼 어때야 합격인데?"

"최애한테 평생을 바치고 전 재산을 털어서 조공 바치고 최애가 죽으면 같이 죽을 사람이라면 합격 아닐까? 모르긴 몰라도 난 덕후는 덕후지만 남들이 인정해 주는, 제대로 된 본보기 같은 덕후가 아니거든."

"뭔 말인지 모르겠어."

"다양한 덕후가 있단 뜻이야."

두툼한 토스트를 집자 바구니가 비었다. 이대로는 오래

못 있을 것 같다. 마도카는 먼저 운을 떼 보기로 했다.

"오지로는 뭐 하나? 쓰바사 넌 요새 같이 논 적 있어?"

"아침부터 저녁까지 학원 간다고 해서 방해 안 하려고."

"하긴."

"의논할 게 있는데."

"……."

쓰바사는 잠깐 테이블 곁에 놓인 삼각뿔 광고판에 눈길을 주었다.

"시로노와르 먹고 싶은데 주문해도 돼? 시간 괜찮아?"

"아, 응. 상관없어."

먹성이 좋은 것도 아닌 쓰바사가 추가로 주문하는 게 조금 이상하게 느껴졌다. 먹기 위해 주문한다기보다 시간을 끌려고 주문하는 것처럼 보였다.

주문하고 얼마 안 돼서 시로노와르가 나왔다. 두툼한 원형 페이스트리 위에 소프트아이스크림을 높다랗게 올려 그 곁에서 살그머니 얼굴을 내민 체리가 유난히 작아 보였다.

"사진보다 더 큰 거 아냐?"

"사기네."

쓰바사는 결심한 듯 시럽을 위에 끼얹었다. 호박색 시럽이 접시로 흘러내렸다.

"사진보다 초라한 것보단 나을지도 모르지만, 나쁜 일 아니라고 뭐든 다 해도 되는 건 아니지……. 맛있으니까 더 열받네. 이 집 뭐야, 대체."

"이제 안 올 거야?"

"아니, 와야지."

테이블 위에 꺼내 둔 스마트폰의 알림 소리가 울렸다. 모리가 틱톡에 뭔가를 올린 것이다.

"아침부터 활동적이기도 하시지."

쓰바사의 표정이 사나워졌다. 포크가 꽂힌 시로노와르에서 아이스크림이 흘러 접시에 떨어졌다.

"위험한데 말이야. 본명으로 올리는 건 멍청한 짓이야. 얼굴이랑 이름, 나이, 계정만 알면 거의 다 노출된다고.

학교에 항의 전화를 걸기도 하고, 부모 직장에도 전화하고…… 악의 있는 사람이 마음만 먹으면 인생 간단하게 끝장나는 거야. 카스트 상위에 있는 사람은 이해하기 어려울 수도 있지만."

"너 모리 싫어하던가?"

"아냐, 그냥……."

쓰바사는 뒷말을 잇지 않고 묵묵히 시로노와르를 퍼먹었다. 가게 안을 메운 사람이 줄어들지 않아 점원이 몇 번씩 통로를 오갔다. 들어오려고 순서를 기다리는 줄도 줄어들 기미가 전혀 없었다. 쓰바사가 다 먹고 나면 나가는 게 좋을 듯했다.

"하나 더 시켜도 될까?"

마지막 조각을 멜론 소다와 함께 삼킨 쓰바사가 말했다.

"먹을 수 있어?"

"……먹을래. 먹을 수 있어."

"또 올 거면 오늘은 그만 먹어. 언제든지 같이 와 줄게."

"아냐, 지금 먹을래."

마도카가 대답하기도 전에 쓰바사가 벨을 눌렀다. 그러고 나서 허둥지둥 메뉴를 살펴보기 시작했다.

혼잡한데도 점원은 바로 왔다.

"믹스 샌드위치, 아니, 미니 샌드위치 주세요……. 겨자는 빼고요."

미니 샌드위치가 나왔다. 접시 위에 샌드위치 두 조각이 있었다. 편의점이나 슈퍼 같으면 그냥 '샌드위치'였을 게 분명한 양이었다. 모닝 세트의 토스트보다는 얇지만, 일반 식빵과 같은 두께의 빵에 얇게 썬 오이와 햄, 빵보다 두꺼운 달걀 샐러드가 들었다. 쓰바사는 미니 샌드위치에 손을 뻗으려다가 테이블에 내려놓고 침묵했다. 음식물이 내려가게 하려는지 찬물을 들이마셨다. 컵 표면에서 물방울이 잇따라 떨어져 가슴에 얼룩이 지는데도 계속 마셨다.

"……내가 반 먹어 줘?"

"그래도 돼……?"

"괜찮아. 남기면 미안하잖아."

대신 점심을 거르면 그만이다.

"사실은 오늘 내내 하고 싶었던 말이 있는데."

"응."

"마도카, 너 우미노 선배 알아? 나한테는 미술부 선배고, 얼마 전에 교생 실습 나왔던 사람인데."

입 밖으로 "알 것도 같은데." 하고 부자연스럽게 정확한 음정이 나왔다.

"혹시 우미노 선배랑 아는 사이면, 아니, 아는 사이가 아니어도 괜찮은데, 저…… 내가 뭘 봐서."

"뭘 보다니?"

"응, 뭔가 본 것 같아서."

"뭔가……."

"순 착각일 수도 있는데, 앗, 덕질용 계정이니까 내 프사 같은 건 너무 보지 말고……."

어물어물 말하며 내민 스마트폰 화면에 어떤 사람의 트

위터 계정이 있었다. 바다를 배경으로 카메라를 등지고 선 여자의 프로필 사진. 'Sea'라는 이름 옆에 무지개가 빛났다. 소개에는 'L/파트너와의 기록'이라고 쓰여 있었다. 5천 명이 그녀의 '파트너와의 기록'을 보고 있었다.

"이 사람인데."

쓰바사는 마도카의 표정을 확인하며 '마음에 들어요' 탭을 열었다. Sea의 트윗이 정리되어 있었다.

"작년부터 최애가 늘었다고 했잖아? 그래서 계정 새로 파서 팔로우한 사람 중 한 명인데, 최애에 관해 적극적으로 트윗하는 건 아니지만 가끔 예리한 관찰력을 발휘해서……. 기본적으론 이 '파트너'에 관한 거랑 세상 돌아가는 이야기를 올리는 사람이지만 일단 팔로우했거든."

유창하게 말하는 것처럼 보여도 쓰바사는 마치 원고를 낭독하는 듯한 투로 말했다. 집에서 여러 번 연습하고 왔다는 것을 짐작할 수 있었다. 왼손으로 연신 자기 머리를 만지고, 스마트폰을 조작하는 오른손 손가락은 약간 떨렸다.

"그래서……."라며 트윗을 탭했다.

"이미지도 보여 주고 싶은데."

쓰바사가 말하기 전에 이미 섬네일로 이미지를 알아봤다. 올린 날짜는 작년 12월 중순이었다. '좋아하는 사람을 만날 때마다 좋아하는 부분이 늘어난다 만나지 못해도 기억이 따뜻하게 해 준다'라는 글과 함께 편집된 사진 네 장이 올라와 있었다. 첫 장은 카페의 복고풍 외관. 두 번째 사진은 핫케이크와 찻잔. 세 번째는 핫케이크를 먹는 파트너의 반창고 붙인 손가락. 네 번째는 사진 찍는 사람의 맞은편 자리에서 메뉴를 보는 파트너의 턱 아래 모습이었다. 옷은 메뉴판에 대부분 가려져 보이지 않았지만, 셔츠 위에 감색 스웨터를 입은 것을 알 수 있었다.

얼굴을 든 쓰바사는 마도카의 표정을 보더니 말을 빠르게 늘어놓기 시작했다. 미리 준비해 온 대본은 생략했는지 가끔 혀가 꼬였다.

"겁주려는 게 아니라 충고랄지, 사진이란 게 얼굴 중심만 가려 봤자 머리 모양이라든지 귀 생김새라든지 옷이라든지, 아는 사람이 보면 누군지 알아볼 수 있으니까 조심하는 게 좋지 않을까 하는, 그냥 그것뿐인데. 팔로어라고 다 편들어 주는 것도 아니고, 잘못하면 팔로우하지 않는 사람들한테까지 퍼지니까 현실에서 안 좋은 일이 생길지도 모르…… 안 좋은 일을 하는 쪽이 나쁜 거고, 우미노 선배가 사람이 좀 그렇다고 뭐 안 된다는 건 전혀 아니지만……! 착각일 수도 있긴 해. 쓴 내용도 프사의 뒷모습도 눈에 익긴 했지만, 선배가 아닐지도 모르고, 이 파트너란 사람도 내가 전혀 모르는 사람일 수도 있고. 그냥 걱정돼서. 앗…… 당사자가 감추는 걸 비당사자가 폭로하거나 캐묻는 건 좋지 않다고, LGBT에 관한 공부도 좀 했으니까 사실은 옳은 일이 아니란 것도 알아. 그렇지만…… 혹시 파트너란 사람이 이 계정에 대해 모르는데, 이러다 언제 신원이 밝혀지기라도 하면 어쩌나 싶어서……. 무슨 말인지 전혀 모르겠으면…… 그냥 잊어 주세요…….”

리트윗과 '좋아요' 숫자를 보고 도망치고 싶어졌다. 모리가 남친과 최근 시작한 커플 틱톡 계정은 모리가 아는 사람과 남친 아는 사람이 예의상 눌러 주는 '좋아요'밖에 없었다. 그것보다 훨씬 많았다. 어마어마한 숫자가 심장을 압박해 숨이 막혔다.

"······괜찮아? 음료라도 좀 마셔."

두꺼운 도기 커피 잔이 입에 닿는 감촉은 부드럽고 카페오레는 썼다. 쓰바사의 스마트폰 모서리는 둥글게 깎여 있건만, 평면에서 발하는 블루라이트에 눈이 심하게 따가웠다. 보고 싶지 않았다. 보지 말았어야 했다. 하지만 보고 말았다.

우미가 틀림없었다. 그 카페, 그날 먹은 핫케이크. 무엇보다도 사진에 찍힌 사람은 확실히 마도카였다. 마도카가 스마트폰에 손을 뻗자 쓰바사는 바로 손가락을 뗐다. 트위터 계정의 미디어를 탭했다. 우미 본인은 없었다. 음식과 잡화 사진 사이에 얼굴이 보이지 않게 처리한, 그러나 아는 사람이 보면 마도카라고 알 수 있을 인물만이 허연 필터를 사용해 찍혀 있었다.

　[남친이랑 동거를 시작하는 친구를 축복해 주고 싶은데 기쁜 마음이 들지 않아 하지만 언젠가 무지개가 보일 거라고 믿어 내 일상을 소중하게 엮어 나가야지]

　몇 분 전 올린 트윗에는 부동산 검색 사이트의 'LGBT 가능' 항목에 체크한 검색 결과에 '0건'이라고 표시된 스크린 샷이 첨부되어 있었다. 우미에게 동거 이야기는 들은 적이 없다. 지망하는 대학도 집에서 다닐 수 있는 곳이다.

　심야에는 누가 시작한 서명 운동을 리트윗한 뒤 '마음 약해지는 날도 많지만 좋아하는 사람이랑 평생 함께 있을 수 있는 미래를 만들기 위해 다 함께 목소리를 높이자'라고 썼다. 마도카는 우미와 평생 함께 있을 생각은 없었다.

　그저께 밤에는 '파트너가 해 준 말을 품에 안고 잠든다'라고 썼는데 무슨 이야기인지 도통 모르겠다.

　계속 스크롤을 내렸다.

　[사진 폴더를 보는데 파트너의 잠자는 얼굴이 나왔다 평소 보이는 긴장한 옆얼굴이 생각나 앳된 얼굴로 잠자는 모습이 너무나도 애틋해서 울었다]

　[금세 불안해지는 건 나쁜 버릇이지 주위의 축복이 있었으면 뭔가 달랐을까]

　[그저 평온하게 같은 걸 먹고 같은 걸 보며 웃고 같은 잠자리에서 잘 수 있으면 충분한데 쉽지 않네]

　우미의 트윗은 하나같이 누군가가 '좋아요'를 눌렀다. 그 사람들에게는 우미의 트윗이 그려 내는, 우미를 이해하고 사랑해 주는 파트너의 잔상이 파트너가 현실 세계에서는 드러내지 못하는 진짜 모습이었다. 고메다 커피에서 우미가 아닌 여자와 아침을 먹는 마도카는 존재하지 않았다.

스크롤을 계속 내려도 '좋아요'가 하나도 없는 트윗을 찾기가 어려울 정도였다. 동급생의 의례적인 '좋아요'와는 달리 우미의 트윗에 하트를 눌러 준 사람들은 정말로 우미를 생각해 주고 있었다. 이 사람들이 모두 우미와 파트너를 진심으로 응원하고 있었다. 그건 마도카를 응원하는 것과는 달랐다. 우미와 파트너가 무지개 색 울타리 안에 있기에 두 사람을 응원하는 것이다.

입천장에 들러붙은 삶은 달걀노른자가 갑자기 상한 것처럼 느껴졌다.

"난 편견 같은 건 없는데, 아니, 그게 아니지. 처음부터 내가 판단할 게 아닌 거지. 오늘 여기서 이야기한 걸 없었던 일로 하고 싶으면 그렇게. 진짜로 그냥 걱정돼서 그런 거고, 지금도 내가 뭔가 잘못 말해서 너한테 상처 주고 있는 거라면 그것도 사과하고 싶어서."

쓰바사는 침묵을 메울 기세로 계속 떠들었다. 가게 안에는 여전히 소리가 범람해 아무도 이 테이블에서만 갑자기 지구 종말의 시곗바늘이 미친 듯이 돌아가고 있다는 것을 알지 못했다. 두 사람 사이에 놓인 스마트폰 검색 기록에 'LGBT 대하는 법', '친구 레즈비언', '친구 동성애자 공감'이 늘어서 있을 게 틀림없었다. 평소 주고받는 대화처럼 할 생각이 없거나 우발적인 말도 없이, 우미와 사귀기 시작했을 때 마도카도 검색했던, 본 적이 있는, 준비된 말만이 쓰바사에게서 나와, 마도카는 그저 받아들이는 수밖에 없었다.

전문가나 당사자가 가르쳐 준 올바르게 대하는 법의 매뉴얼을 설치하고 운영 체제를 업데이트했는데도, 정보 처리가 따라오지 못하는 쓰바사의 하드웨어는 과열로 인한 폭주를 일으키고 있었다. 강요하지 않는다, 호기심으로 캐묻지 않는다, 공감한다, 존중한다 같은 규칙이 쓰바사를 조종하고 있고, 살아 있는 인간 쓰바사는 어디에도 없었다. 쓰바사 본인에게서 나온 말은 아무것도 없이, 모든 것을 무시한 채 매뉴얼을 준수하는 프로그램만 돌아가고 있었다.

손대지 않은 미니 샌드위치가 말라 갔다.

쓰바사는 이윽고 준비해 온 말이 소진됐는지 고개를 수그렸다. 연신 머리카락을 만지작거리던 왼손도 조용해졌다. 세계는 종말을 맞이하지 않았다. 스마트폰과 미니 샌드위치를 사이에 두고 마주 앉아 꼼짝도 하지 않는 두 사람의 몸뚱이만 있었다.

"……난 이제 그만 말할게. 잠깐 화장실 좀."

쓰바사가 사라진 뒤 마도카는 테이블에 팔꿈치를 얹고 두 손에 얼굴을 묻었다. 팔꿈치 뼈가 아프기에 금세 그만두었다.

미니 샌드위치 접시를 끌어당겼다. 한 손으로 샌드위치를 집자 달걀 샐러드의 무게를 견디지 못하고 샌드위치 속이 접시에 떨어졌다. 손가락으로 떠서 도로 빵 사이에 집어넣고 손가락에 남은 것은 핥은 다음 두 손으로 빵을 힘주어 들고 입에 넣었다. 마도카는 샌드위치를 좋아하지 않았다.

생야채도 질척한 달걀도 허연 빵도 모두 싫었다.

　그래도 먹는 수밖에 없었다. 접시 위에 음식이 있는 한 이 시간이 영원히 계속될 테니까.

　두 번째 조각도 집어 베어 물었다. 싫어하는 맛이 완만한 움직임으로 식도를 지나갔다. 테이블에 고인 물웅덩이에서 물컵을 들어 모조리 들이마셨다. 컵에 엉겨 붙어 있던 물방울이 손을 타고 흘러내려 소매를 적셨다.

　화장실에서 돌아온 쓰바사는 마도카보다도 얼굴빛이 나빴다. 입술에서 희미하게 썩은 내가 났다.

　"……나 왔어요."

　"응, 어서 와. 저, 있지……."

　"아, 네."

　"샌드위치, 맘대로 네 몫까지 먹어 버렸어."

　"어? 고마워."

　쓰바사가 말했다.

배가 아파 집에 오자마자 누웠다. 속이 묵직했다. 몸속에 자기 자신이 아닌 게 가득 들어찬 느낌은 오랜만이었다.

"마도, 너 왔니?"

외출했던 어머니가 돌아와 방을 들여다봤다.

"배 아파서 점심 안 먹을래."

"너 얼굴 야윈 거 아냐?"

말해 놓고 바로 후회한 듯 어머니의 얼굴이 구겨졌다. 외모 변화를 안이하게 지적하는 것은 금지 사항이었다.

"그런가? 난 모르겠는데."

"공부도 뭘 먹어야 머리가 돌아가지."

"의외로 어떻게든 될 테니까 괜찮아. 기말 성적도 나쁘지 않았잖아."

"생리도 내내 안 하잖니."

"……."

"네 미래라든지 그런 게 아니라도 건강 문제니까. 걱정돼서 그래."

어머니는 표현을 고심해서 고른 듯했다. 정말로 이 말이 맞는 건지, 올바른지, 마도카가 상처받지 않았는지. 하지만 금지 사항을 어기고 이야기를 꺼낸 탓에 스스로 생각한, 누구도 보증해 주지 않는 말을 이어서 하게 되어, 혀 위에서 짜부라뜨린 듯한 목소리로 그렇게 말했다.

마도카가 이런 몸이 된 뒤로 어머니는 몰래 당황하고 격분하고 흐느껴 울었지만, 마도카 앞에서는 그런 감정을 드러내지 않으려고 조심했다. 마도카를 비난하지 않으려고. 체형 이야기를 입에 올리지 않으려고. 여러 자료를 읽고 공부한 대로 대하려고 노력했다.

아마 어머니가 의논했을, 불려 간 보건실에서도 선생님의 둥글둥글하고 부드러운 말이 마도카의 표면에 굴러갔다.

"날씬하지 않아도, 있는 그대로의 네 모습이 아름답단다."

"생리는 더럽고 수치스러운 게 아니야."

마도카는 그저 가랑이에서 피가 나오는 게 싫을 뿐, 다른 애들처럼 말로는 싫다고 하면서도 매달 견뎌 내는 것을 할 수 없었을 뿐, 아름답다든지 더럽다든지 그런 것은 아무래도 상관없었다.

싫은 것은 싫다. 그 단순한 이야기가 전달되지 않았다.

여성을 둘러싼 나쁜 풍조는 고쳐지고 있으니까 너도 신경 쓰지 말고 자유롭게 살아도 된단다, 라는 게 보건실 선생님 이야기의 요지였다. 아무 관계없는 세상에 책임이 전가됐다. 어른들은 마도카의 의사로 하는 일을 세상 풍조에 억압된 결과로 치부했다.

살을 찌우지 않는 것은 생리를 멈추기 위한 수단이지 목적이 아니었건만, 거식증에 걸린 여자애로 여기고 거식증에 걸린 여자애를 위한 말만을 주었다.

그런 것은 마도카에게 해당되지 않았다. 신체적 특징과 식생활 말고는 그런 속성의 사람과 마도카가 공유할 수 있는 것은 없다시피 했다. 세상 사람들이 상상하는 이미지와도 일치하지 않건만, 그런 사람을 대할 때 추천되는 태도로만 마도카를 대했다.

쓰바사도 그렇다. 지금까지 그냥 친구로서 강요도 하고 호기심으로 캐묻기도 하고 공감하지 않기도 하고 포기하기도 하고, 그런 일을 반복할 때마다 거리를 가늠해 서로 다가갔다가 멀어졌다가 하면서 관계를 이어 왔다. 유일무이한 타인을 원하는 마음에 우미와 사귀어 본 것뿐인데, 그 때문에 LGBT로 못 박히고 말았다. 동성과의 연애를 원하는 사람이 되고 말았다.

보건실 선생님 뒤 벽에 붙은, 오래되어 붉은색이 바랜 인권 주간 포스터. '다양성을 인정해 모두 함께 도우며 삽시다'. 지구 위에서 손을 잡고 완벽한 원을 그리며 똑같은 간격으로 띄엄띄엄 선 사람들 그림. 정해진 자리에서 손을 잡은 채 한 발짝도 움직이지 않는 사람들.

마도카도 그중 한 사람이 됐다. 발을 내디디면 원이 깨지니까 이 밖으로 나가면 안 된다. 다정하게 손을 잡아 준 사람을 실망시키지 않도록 잠자코 웃으며 그 자리에 머문다.

사실은 어느 속성에도 들어맞지 않는데.

마도카는 그 누구도 아닌데.

"고메다에서 많이 먹어서 진짜로 배 아파. 나 잘게."

어머니의 숨이 멎는 소리가 났다. 이불이 스치는 소리에 못 들은 척했다.

차가웠던 이불 표면은 마도카의 체온이 옮아 서서히 따뜻해졌다.

유일무이한 타인이 곁에 있어 주기를 바랐다. 마도카를 그냥 마도카로 봐 주고 마도카에게 하는 말을 해 주는 타인을 원했다. 그런 타인을 자신도 소중히 여기며 잘해 주면서 죽을 때까지 함께 있고 싶었다.

그런 사람은 어디에도 없는지 모른다.

우미에게 해야 할 말이 있었다. 완벽한 원을 망치는 한이 있어도 해야 할 말이었다.

자세한 경위와 이름은 생략하고 쓰바사의 우려를 전달하며 사진이 첨부된 트윗을 삭제해 달라고 보냈다.

　답신은 바로 왔다.

[알았어]

　간결한 대답에 안도한 것도 잠깐뿐, 말은 거기서 끝나지 않았다.

[그럼 지울게 그래도 앞으론 그 친구한테는 당당하게 연인 자랑을 할 수 있겠네]

　마도카는 그때 처음으로 우미에게 공포를 느꼈다.

　그제야 알아차리고 말았다. 사진을 삭제하더라도 이대로 계속 사귀면 마도카가 모르는 곳에서 파트너 이야기는 계속될 것이다. 누구에게도 걸러지지 않은 채, 그것만이 마도카의 진짜 모습인 것처럼.

몸을 일으켜 앉았다. 덮고 있던 이불이 어깨에서 떨어졌다. 솜털이 일제히 일어났다. 엄지가 전에 없는 속도로 움직였다.

[우리 헤어져]

바로 '읽음' 표시가 떴다.

[왜? 미안 이상한 소리였으면 사과할게]
[헤어져요 사진도]

조바심이 나서 말을 끝내기 전에 보내고 말았다.

[사진도 지금 당장 삭제해 주세요 내가 찍힌 사진 트위터에
지금까지 올린 거 전부]

메시지는 읽었는데 답신이 없었다. 화면 너머에 있다는 것은 알 수 있었다. 침묵에 화면이 응고됐다.

[아닌 게 아니라 세상은 쉽지 않아]

느닷없이 일반적인 말이 나타나, 마도카가 어떻게 반응해야 할지 고민하는 사이에 그다음이 투하되었다. 화면이 흘러가기 시작했다.

[하지만 우리가 여기 있다고 같은 여자지만 사귀고 있다고 계속해서 증명하면 세상이 바뀔지도 모르잖아]

마도카는 사회의 억압에 굴복해 우미와 헤어지려는 사람이 되고 말았다. 우미는 보고도 못 본 척하고 싶은 것일지도 모른다. 자기 잘못으로 헤어지는 게 아니라고 책임을 전가하면 상처받지 않아도 되니까.

[나처럼 파트너랑 찍은 사진을 올리는 팔로어도 있어 그렇게 동지랑 연대해서 의사 표시를 하지 않으면 안 되는 거야 우리 모습을 보고 힘을 얻는 사람도 있다고]

스크린 샷이 왔다. 익명 메시지 사이트 화면이었다.

[Sea 님, 갑자기 메시지를 드려 죄송해요. 전 중학생이에요. Sea 님이랑 파트너분처럼 유명인이 아닌 보통 사람 중에도 저 같은 사람이 있다는 사실에 용기를 얻었어요.]

[파트너 씨 이야기가 좋아요. 저도 두 분처럼 되고 싶어요!]

[저도 동성 파트너가 있어요. Sea 님 트윗을 보고 울었어요.]

분홍색 테두리로 둘러싸인 동글동글한 글자 때문에 의미가 머리에 들어오지 않았다.

만약 우미가 그저 연인 자랑을 하고 싶어서 사진을 올리는 것이라면 그렇다고 말해 주면 그나마 나았다. '동지'의 윤곽이 우미의 윤곽과 하나로 녹아들어 선이 굵고 진하게 확대됐다. 눈꼬리가 찢어질 듯 아팠다.

우미가 말하는 '동지'가 어떤 사람들인지 알지 못한다. 같은 편을 찾아 방황하는 사람, 친구가 필요한 사람, 정보 교환을 하고 싶은 사람, 사회에 호소하고 싶은 게 있는 사람. 그 전부를 모두가 조금씩 갖고 있는지도 모른다. 그런 이들을 지원하고 싶은 사람도 '동지' 중에 있다. 누가 무슨 생각을 하는지, 어떤 괴로움이 있는지, 마도카는 모른다.

하지만 '소수'로 살고 있는, 소수의 집단을 만들 수 있었던 그 사람들은, 현실 세계에는 자기 편이 한 명도 없다 해도, 누군가와 연결되어 있는 시점에서 마도카의 눈에는 충분히 다수로 보였다. 우미의 기쁨을 축복해 주고 우미의 슬픔에 공감해 주고 우미의 노여움에 동조해 주는 동지가 우미에게는 여럿 있다. 우미를 위한 말을 해 주는 사람들이 있다.

마도카에게는…….

[힘들 순 있지만 같이 노력하자 연인은 서로 돕기 위해 있는 거잖아]

위를 꽉 채우고 있던 미니 샌드위치의 질량이 없어졌다. 액상이 된, 미니 샌드위치의 형태를 잃은 것이 혈관으로 퍼져, 장기를 움직여, 뇌가, 뇌가 찌릿찌릿하게. 말. 말을 끌어당겼다. 우미에게 상처 주기 위한 말을. 누구도 칭찬하지 않을, 승인하지 않을, 추천하지 않을 말을 끌어당겼다. 우미가 몸을 움츠리게 할 힘을 지닌 말을.

[헤어져 주지 않으면 학교에 말할 거예요]

쉴 새 없이 뜨던 메시지가 그쳤다. 마도카가 멈추게 한 것이다. '읽음' 표시가 붙은 채로 움직이지 않는 화면에서 우미가 당황했다는 것을 알 수 있었다.

　스마트폰이 대기 상태로 바뀐 순간, 어두웠던 화면에 메시지가 떴다.

　[좀 진정해 그럼 너도 추천 못 받아]

대기 화면을 해제했다.

　[그럼 일반 입시로 가면 돼요 우미노 선생님은 교원 자격을 못 딸지도 모르겠네요]

전화가 왔다. 통화를 거부했다.

　[전철 안이라 안 돼요]

발에 걸쳐져 있던 이불을 걷어 냈다. 머리에 땀이 뱄다.

[최소한 만나서 이야기하자 그런 중요한 이야기는 일방적인 메시지로 끝내는 게 아니야 보통 그렇잖아]

거기서부터 탁류가 시작됐다.

[만나자]

[만나서 이야기하면 서로 이해할 수 있어]

[오늘은 혼란스러울 테니까 다른 날에 진정하고 만나서 직접 이야기하는 게 좋을지도]

[사람과 사람은 얼굴을 보고 만나야 진짜 의사소통이 가능하다고 생각해]

[최소한의 예의야]

[넌 아직 고등학생이라 모르겠지만 이런 부분에서 인간성이 드러나니까 조심하는 게 좋아]

흐름은 멈추지 않았다. 마도카가 우미에게 건넬 수 있는 말은 이제 가까이에 없었다.

　말을 잃은 사람에게 차단이라는 기능은 친절했다.

　이틀 뒤 아침에 쓰바사가 스크린 샷을 보냈다. Sea의 트 윗이었다.

　[파트너의 신원이 노출돼서 계정을 비공개로 돌립니다 지금 까지 올린 사진도 삭제합니다 기쁜 말을 해 주신 팔로어 분들 께 죄송하게 생각합니다 어쩌면 이거 때문에 헤어지게 될지도 몰라요 서로 사랑하는 사람들이 태양 아래 손잡고 걸을 수 있 는 세상이 오면 좋겠네요]

　계정이 비공개가 되어 정말 다행이었다. 아니면 마도카 는 지금 당장 이 트윗에 동정적으로 반응하는 모든 계정에 자기가 사실 어떤 사람인지 소개하고 다닐 것 같았다. 눈앞에 있다면 모두 멱살을 쥐고 흔들었을 것이다. SNS에서는 다들 자기가 보여 주고 싶은 것만 보여 주니까, 쓸 수 있는 것만 쓰니까. 그게 우미와 마도카의 전부가 아닌데.

트위터를 열었다. 우미의 계정은 비공개로 돌려져 관계 자만 볼 수 있게 돼 있었다.

쓰바사가 '정말 미안'이라고 썼기에 '너랑은 상관없으니까 신경 안 써도 돼'라고 답신을 보냈다. 아마 쓰바사는 신경 쓸 것이다. 하지만 학교에서는 신경 쓰지 않는 척하며 아무 일 없었던 것처럼 평범하게 대하는 척할 것이다. 그게 올바르다고 추천되는 방식이니까.

점심시간이 반쯤 지났을 때 마도카의 책상은 초콜릿으로 가득했다. 과자류를 학교에 가져오는 것은 교칙 위반이지만 밸런타인데이에만은 묵인된다. 단, 점심시간이 시작되고 30분 동안에만 줄 수 있고, 교내에서 먹는 것은 물론

금지다. 그 외의 시간에 교사에게 들키면 몰수된다. 명목상
으로는. 오늘만은 눈감아 주는 교사가 태반이다. 그래도 대
다수 학생은 정해진 시간에 초콜릿을 나눠 준다.

쓰바사는 앞자리 아이의 의자를 빌리고 오지로는 대각
선 앞자리에서 자기 의자를 끌어와, 셋이서 마도카의 책상
을 둘러싸고 마도카가 받은 초콜릿을 분류하고 있었다. 시
판 초콜릿은 빨간 쇼핑백, 수제는 파란 쇼핑백. 바로 판단
할 수 있는 것은 그 자리에서 마도카가 구분하지만, 선물용
봉투에 섞여서 담긴 경우도 있다. 보류해 두었던 그것들을
열어 보고 페트병과 마개를 분리하듯 포장을 뜯어 차례차
례 나눴다. 마음이 아팠지만 어쩔 수 없었다.

고등학교 2학년쯤 되니 이제 동급생들은 대용량 시판 초
콜릿이나 알루미늄 틀에 넣어 굳히기만 하면 되는 간소한
초콜릿을 밀폐 용기에 담아 들고 다니며 나눠 준다. 하지만
풋풋한 중등부 후배들은 특별한 선물용 봉투에 정성 들여
만든 초콜릿 과자를 넣어 주는 경우가 많다.

교내에서 그런대로 얼굴이 알려진 마도카는 쉬는 시간마다 교실로 찾아오는 후배와 점심시간이 시작된 직후부터 잇따라 찾아오는 아이들에게 답례로 개별 포장된 시판 초콜릿을 주었다. 초콜릿이 든 밀폐 용기를 들고 돌아다니는 같은 반 학생은 마도카의 책상 위 터질 것 같은 쇼핑백을 보고는 "마쓰이 님, 이거 먹……을 리 없겠네." 하고는 가 버렸다. 올해 밸런타인데이는 이동 수업이 없어서 다행이었다. 복도를 걷는데 계속 누가 불러 세우면 아주 귀찮다.

오늘 하루 마도카는 유사 연애 무대의 장치였다. 매년 있는 일이다. 여자애들이 꼬리에 꼬리를 물고 찾아온다. 새빨갛게 얼굴을 붉히며 친구의 도움을 받아 초콜릿을 주는 아이도 있다. 그러나 연애 감정은 아니다. 쓰바사가 말하는, 최애에 대한 감정에 가깝다고 하면 주제넘은 것도 같지만 어쨌거나 비슷하다. '진짜로 좋아해요.'라고 쓴 메시지 카드를 동봉한 선물 봉투가 신발장에 들어 있었던 적도 있다. 하지만 누가 보냈는지 알 수 없었던 터라 마도카는 아무것도 하지 않았다. 그 뒤로도 아무 말이 없기에, 본인이 마음을 정리하기 위해 보낸 모양이라고 결론을 내렸다. 다만 신발 보관하는 곳에 음식을 넣는 게 싫어서 그 뒤로는 로퍼 위에 '볼일이 있는 사람은 직접 만나러 오세요.'라고 쓴 포스트잇을 붙여 놓았다.

고백을 받은 적은 없다. 우미뿐이다.

"둘 다 정말 고마워. 이건 답례야……."

분류 작업을 마치고 어젯밤 만든 가토 쇼콜라를 배낭에서 꺼내자 쓰바사는 부직포 마스크를 턱까지 내렸다.

"집에 가져갈 수 없으니까 지금 먹을래. 고마워."

"쇼핑백 더 있는데, 줄까?"

"그런 게 아니라 코로나 때문에 엄마가 남이 집에서 만든 거 가져오지 말라고 잔소리하거든. 점심도 혼자 조용히 먹으라고 하는걸. 너무 호들갑 아냐? 할아버지 할머니만 조심하면 되는데. 마스크도 싹쓸이해서 비싸게 팔고 그러니까 꽃가루 알레르기가 있는 나한테는 진짜 민폐라니까."

가방에서 밀폐 용기를 꺼내려던 오지로가 "진짜?" 하고 큰 소리로 말했다.

"쓰바사, 이것도 지금 먹을 수 있어? 통째로 주려고 했는데. 그저께 남친이랑 헤어져서 남친 몫 재료도 너희 거에 같이 넣어 버렸거든."

오지로는 가져온 밀폐 용기를 열며 남 일처럼 보고했다.

"빅쿠리맨이랑 벌써 헤어진 거야?"

마도카는 들은 적 없는 남자 친구의 별명을 쓰바사는 알고 있는 듯했다.

"라인을 맨날 느낌표로 끝내던 인간하고는 지지난번에 헤어졌는데."

"남자 얼굴은 분간이 안 되니까 몰라. 또 찼어?"

"차였어."

"웬일이래? 왜?"

쓰바사는 가토 쇼콜라의 포장을 찢어 손에 들고 먹기 시작했다.

"아침에 초콜릿 시리얼을 먹는데 바닥에 한 알 떨어져 있길래 주워 먹으려고 했거든. 입에 넣기 직전에 어째 이상하다 싶어서 다시 봤더니, 집에서 기르는 토끼 똥인 거야."

쓰바사가 비명을 지르듯 웃으며 몸을 젖혔다. 들고 있던 가토 쇼콜라가 뭉개졌다. 슈거 파우더가 감색 스웨터에 풋눈을 내렸다.

"똥이잖아. 웃기지 않아? 내 딴엔 웃기다고 남친한테 말했더니 질색하면서 '그런 이야기는 하지 마.'라며 화내는 거야."

"그래서 헤어졌어?"

"응. 걔 진짜 개똥 같은 놈이라니까."

오지로는 이야기를 계속했다.

"난 평생 똥 갖고 웃을 수 있는 인간이라 왜 화내는지 모르겠더라고. 그래 봤자 너도 초등학생 땐 똥 갖고 폭소했을 거면서 없었던 일로 하기냐 싶은 거야. 똥은 영원히 재미있잖아."

"그러게."

쓰바사가 가토 쇼콜라를 입에 넣고 웃으며 추임새를 넣었다.

"고추도 재미있고. 그러고 보니까 토끼 고추 사진 보여줬을 때도 화냈는데. 똥이랑 고추는 어감부터 웃기는 게 진짜 치사하지 않아? 여자 거기는 안 웃기잖아. 찌찌도 미묘하고. 아까 체육 시간에 체육복 갈아입을 때 야마가 보여준 찌찌 괴인, 난 웃기던데 싫어하는 애도 있었잖아. 남자는 누가 봐도 젖꼭지까지 웃기니까 좋겠다. 나도 온몸이 웃기면 좋을 텐데."

"무당한테 젖꼭지의 신 같은 녀석을 내려 달라고 해서 신의 젖꼭지를 달라고 해."

"그건 의미가 없어. 모든 여자의 온몸이 웃기는 게 좋아."

"사람 몸뚱이가 이미 디폴트로 웃긴데 그 이상 웃겨지는 건 어렵지 않아? 일부분만 털이 수북하단 것부터가 객관적으로 보면 꽤 괴상망측하다고."

90
—
91

쓰바사의 말에 마도카는 저도 모르게 큰 목소리로 동조했다.

"맞아, 웃기지. 우스꽝스럽다고 해야 하나."

"바로 그거야, 우스꽝스러워."

"야마의 웃음을 시대가 따라잡지 못하는 거군. 아무튼, 둘은 똥 때문에 헤어졌습니다."

오지로의 선언에 쓰바사가 또 입을 벌리고 웃었다. 혀 위에 얹힌 가토 쇼콜라가 다 보였다. 마도카도 웃고 오지로도 경박한 웃음을 지었다.

"걔 모의고사 E등급이거든. 그런데 나는 똥 갖고 웃어 대니까 열 받았을지도."

"똥 학습법으로 유튜버라도 해 보지?"

"그러면 바로 금지 먹을걸."

세 사람의 말을 나무라는 사람은 교실에 아무도 없었다. 줄이 비뚤어진 책상들 사이로 학생들이 원하는 곳에 오가고 원하는 곳에서 떠들고 있었다.

마도카의 입에서도 할 생각이 없었던 말이 굴러 나왔다.

"실은 나도 지난달에 헤어졌지 뭐야."

오지로도 쓰바사도 눈을 크게 떴다. 두 사람이 전혀 다른 생각을 하고 있는 것은 분명했다. 쓰바사는 다 먹은 가토 쇼콜라의 포장지를 잘 접기 시작했다. 시선은 마도카를 향하고 있었다.

오지로가 주위를 둘러보며 목소리를 낮추었다.

"물어도 되는 이유야?"

"방향성의 차이로 해체했어."

오지로가 폼을 잡으며 밀폐 용기를 내밀었다.

"이거 프로틴 초콜릿 비슷한 거. 거의 두부나 다름없지."

"고마워. 집에 가서 먹을게."

이어서 쓰바사도 밀폐 용기에서 작은 꾸러미를 꺼냈다.

"나도 가져왔어. 뭔가…… 뭔가 작고 맛있는 거."

공손하게 바친 것을 받아 드는데 손가락이 닿으면서 타닥 소리와 함께 정전기가 일었다.

"아프겠다. 그런데 뭔지 잘 모르면서 산 거야?"

오지로가 끼어들었다.

"외국 글자는 외우기 어렵단 말이야. 세계사 선택한 거 후회돼. 5교시인 것도 졸려. 그리고 아파."

쓰바사가 손가락을 문지르는데 5교시 예비 종이 울렸다.

"그럼 우리끼리 새 밴드 결성할까?"

"이름은 뭐로 하지? 외국 이름 말고."

"엥? 똥에서 따온 이름으로 짓자."

"금지 먹는다니까."

오지로는 마도카와 쓰바사가 준 초콜릿을 억지로 가방에 쑤셔 넣었다. 가방 안에서 프린트며 휴지가 짜부라지는 소리가 났다.

쓰바사는 "절대 까먹지 마."라고 말하고는 사물함에서 취미로 공부 중인 한국어 문제집을 꺼냈다. 아즈미 선생님은 엄하게 감시하는 편이 아니라 수업 중에 딴짓하기가 쉽다.

교단 쪽에서 모리가 "아즈미 쌤, 초콜릿 줄게요."라고 하는 것을 듣고 아즈미 선생님이 들어왔다는 것을 깨달았다. 다른 농구부 애들도 "나도 남은 거 줄게요.", "복도 많으셔."라며 멋대로 교탁에 초콜릿을 두고는 일본사 교실로 향했다. 아즈미 선생님은 "어이, 과자 꺼내도 되는 시간 지났다."라고 하면서도 모리의 손에서 초콜릿을 받아 들었다.

"아즈미 쌤, 결혼했어요?"

다음 순간 교실 전체에 울려 퍼져 복도 끝까지 들렸을 모리의 큰 목소리에 농구부 애들이 소리를 지르며 달려왔지만, "얼른 이동해!"라고 호통치자 다시 뿔뿔이 흩어져 사라졌다.

흥분한 모리는 질문을 쉴 새 없이 퍼부었다. 이야기를 정리하자면 이랬다. 아즈미 선생님이 이 학교에 부임해 처음 담임을 맡은 학급의 학생이었다. 졸업식 날 고백을 받고 거절했지만, 성인식 뒤 학교에서 열린 동창회에서 다시 만나 깊은 이야기를 나누었다. 그 뒤 온갖 일을 극복한 끝에 그

녀가 취직하고, 직장에 적응한 타이밍에 결혼했다. 내키지 않는 표정으로 대답하면서도 아즈미 선생님은 이야기를 피하지 않았다. 남자 어른이 연애담을 말해 주는 모습은 기묘해 보였다. 아버지도 직장에서 젊은 부하 직원에게 어머니와 처음 만났을 때 이야기를 할까. 마도카는 상상이 되지 않았다.

수업 종이 울렸다. 모리는 불만스러운 표정을 지으면서도 자리로 돌아와 앉았다.

5교시가 끝나자마자, 아즈미 선생님은 농구부가 선두에서서 개최할 게 분명한 기자 회견에서 집중포화를 받기 전에 도망쳤다. 수업 종료 5분 전 예고 없이 쪽지 시험을 시작해 학생들이 문제를 푸는 동안 칠판을 지우고, 수업을 끝낼 준비를 마쳐 경례와 동시에 모습을 감추었다. 처음 보는 움직임이었다.

급하게 돌아온 농구부원은 털썩 무릎을 꿇은 채 모리의 보고를 듣고는 고개를 떨어뜨렸다.

"연상 남친이라니, 좋겠다."

"아즈미랑 사귀다니 무리 아냐? 아저씨잖아."

"처음부터 아저씨로 태어났겠냐. 뭐랬더라?"

"스물네 살 때 처음 만났대."

"스물네 살이면 괜찮아. 테니스부가 우리 대학 학생들하고 같이 밥 먹었다는데, 스물둘까진 많이 애쓰면 괜찮을지도, 그리더라."

"스물넷은 그럼 안 괜찮은 거잖아."

"반올림하면 그게 그거니까 괜찮아."

여학교의 여자는 여자가 아니라는 이야기는 거짓말이다. 아무도 성(性)을 벗어던지지 않았다.

다들 자기가 아저씨라고 말하면서 학교 축제에 누가 남자를 부르면 눈빛이 달라진다. 마도카처럼 키 크고 몸매에 굴곡이 없는, 여자 냄새가 나지 않는 여자는 공유 가능한 남자 친구처럼 취급하면서, 이런 이야기에는 흥분한다.

"아즈미 선생님, 어린 여자 좋아했구나."

쓰바사가 누구 들으라는 의도 없이 한 말은 우연히, 정말로 우연히, 다른 목소리가 그친 짧은 순간을 틈타 교실 구석구석까지 침투하고 말았다. 교실 앞쪽에서 농구부원과 함께 신나게 떠들던 모리의 입이 일그러졌다.

"아니, 사카시타, 그거랑은 다르지. 아즈미 쌤…… 까먹었다. 몇 살이랬더라?"

"스물네 살이었다고 네가 그랬잖아."

옆에서 누가 도와주었다.

"스물네 살에 상대방은 열여섯 살, 게다가 지금은 둘 다 성인이고."

"연예인들은 열 살 차 정도 껌이지."

동의도 해 주었다.

농구부의 시선을 한 몸에 받은 쓰바사의 대답은 신속했다.

"우리 여덟 살 밑이면 초등학생이야. 우리 반 누가 초등학생이랑 사귀면 헐, 싫을 거 아냐."

쓰바사를 기점으로 광란의 소용돌이가 일었다. 다들 손뼉을 치며 입을 크게 벌리고 웃었다. 웃음소리 가운데 '어휴.', '징그러워.', '싫다.' 하는 비명 같은 목소리가 섞이고, 먼발치에서 구경하던 애들도 저속한 웃음을 짓고 있었다. 다들 신나서 떠드니까 쓰바사도 우쭐했는지 타인의 반응을 끌어내기 위한 말을 덧붙이고 말았다.

"아즈미 선생님, 우리도 음란한 눈으로 보는 거 아냐?"

누가 '꺅!' 하고 환성을 질렀다. 재미있어했다. 자의식 과잉이라 할 수도 있는 쓰바사에 대한 조소이자, 이성이 성적인 관심을 보이는 존재라는 데 대한 환희 같기도 했다.

금속음을 내며 문이 열렸다.

아즈미 선생님이 서 있었다.

교실이 조용해졌다.

기자 회견은 시작되지 않았다. 아즈미 선생님은 온화하

게 웃었다.

"두고 간 게 있어서."

"선생님 덜렁이."

평소에는 '선생님'이라고 하지 않는 모리가 익살을 떨었다. 아즈미 선생님이 발을 들여놓자 나무가 죄 갈라진 교단이 삐걱거렸다.

"아까 너희가 준 초콜릿을 교탁 밑에 넣어 놓고 그냥 갔지 뭐냐. 미안하다."

"에이, 너무해."라고 하는 목소리는 아즈미 선생님에게 상처를 주지 않도록 의식해서 둥글게 낸 음색이었다.

교실에 있는 애들 모두가 뾰족한 소리를 내지 않으려고 시선을 내린 채 움직였다. 삼삼오오 돌아온 일본사를 선택한 학생들도 교실에 들어올 때마다 묘한 분위기를 감지하고 소리를 감추었다. 이 교실에만 중력이 다르게 작용하는 것처럼 학생들의 동작이 부자연스러웠다. 쓰바사도 다른 애들을 따라 조심히 책상 위를 치우려고 한국어 문제집을 세계사 교과서와 공책 사이에 끼웠다.

"사카시타, 너 수업 시간에 늘 상관없는 책 펴고 있지?"

모든 소리가 사라질 때 솨 하는 소리가 들릴 리 없건만,
마도카의 귀에 그 소리가 들렸다. 바람이 없는 장소에 불을
밝히는 듯한 소리였다.

"……네."

"내부 진학이라고 그런 태도를 보이는 건 인간적으로 어
떤가 싶은데. 넌 어떻게 생각해?"

"반성해요. 죄송합니다."

"사죄를 듣자는 게 아니라 넌 어떻게 생각하느냐고 묻는
거야. 네 생각엔 어때?"

"인간적으로 좋지 않다고 생각해요."

"그렇지? 아무리 공부를 잘해도 결국엔 인간성이 제일
중요하니까."

아즈미 선생님은 그 뒤 이대로는 쓰바사가 원하는 학부
에 진학하기 어려우리라는 것, 다른 사람 말을 듣지 않는

사람은 멀쩡한 어른이 될 수 없다는 것 등 갖은 말을 되풀이했다. "널 위해서 하는 이야기야."라고 몇 번씩 말했다.

마도카에게는 쓰바사의 둥근 뒤통수밖에 보이지 않았다. 쓰바사에게서 멀리 떨어진 자리에서, 똑같이 세계사와 관계없는 문제집을 펴 놓고 있던 아이가 황급히, 그러면서도 눈에 띄지 않게 문제집을 책상에 넣는 게 보였다. 쓰바사는 문제집 때문에 혼나는 게 아닌데.

아즈미 선생님이 교실로 돌아온 뒤로 시계의 큰바늘은 두 칸밖에 움직이지 않았는데도 더 길게 느껴졌다. 교실에 있던 모든 이가 얕게 호흡했다. 복도에서 위험을 감지한 아이는 교실에 들어오지 않고 먼발치에서 지켜보고 있었다.

"그딴 나라의 말 같은 걸 배우니까 몰상식해진 거 아니냐?"

그 순간 교실의 냄새가 바뀌었다. 인공적인 무취가 사라지고 학생들의 입술이 토해 낸 묵직하고 달콤한 초콜릿 냄새가 바닥을 기었다. 냄새에 형태가 있다면 그건 아즈미 선생님을 노리듯 책상과 의자 다리 사이를 구불구불 지나 모여들었다. 낡은 교단 위에 올라선 아즈미 선생님만이 아래쪽의 분위기를 알아차리지 못했다.

점차 쓰바사의 얼굴 중심에서 훅, 훅, 하고 액체를 들이마시는 소리가 흘러나오더니 속도가 빨라졌다. 쓰바사는 책상과 평행을 이룰 만큼 고개를 떨구었고, 숱 많은 머리 사이로 여전히 쉴 새 없이 훅, 훅, 훅, 소리가 들렸다. 모든 학생의 목덜미에서 동정의 냄새가 피어올랐다. 아즈미 선생님도 그제야 눈치챈 듯 "울 정도로 나쁜 짓을 했다는 자각이 있으면 처음부터 하지 말도록."이라 내뱉고 교실에서 나갔다.

교실에 천천히 소리가 돌아왔다. 마도카는 오지로와 거의 동시에 쓰바사의 자리로 천천히 다가갔다. 쓰바사는 여전히 고개를 숙이고 있었다.

교단 옆에 서 있던 모리가 다가와서 큰 소리로 말했다.

"저건 아니지."

오지로가 끼어들기 전에 모리는 말을 이었다.

"아즈미 저 인간 이상해. 왜 저러는 거야."

다른 농구부 애들도 가까이 와서 "징그러워.", "사카시타, 신경 쓰지 마.", "괜찮아, 괜찮아."라고 하고는 모리와 어깨동무하고 서로 툭툭 치며 복도로 나갔다.

그 뒤 교실에 사람이 드나들면서 안을 가득 메우고 있던 초콜릿 냄새도 점차 다른 냄새와 섞여 평소 모습을 되찾기 시작했다. 학생들은 6교시 준비를 하는 척, 친한 애 자리로 가는 척하며 쓰바사에게 가볍게 말을 걸거나 남은 초콜릿을 주고 갔다. 여전히 숱 많은 머리에 가려진 얼굴은 잘 보이지 않았다. 이제 곧 6교시 수학이 시작돼 수학 교사 요제프가 올 것이다.

분위기를 바꿔 보려는 건지, 오지로가 걱정스러운 표정으로 "안녕하세요."라며 포럼을 열듯 손등으로 쓰바사의 머리를 걷는 시시한 개그를 했다. 그러더니 헉하고 소리쳤다.

"피 엄청 나잖아!"

쓰바사가 손바닥에 받고 있었던 것은 눈물이 아니라 코피였다. 코 밑에서 턱까지 마스크가 빨갛게 물들어 있었다. 부직포가 흡수하지 못한 피는 쓰바사가 두 손으로 만들어 낸 못에 떨어졌다. 그걸로도 완전히 막지 못해 손가락 사이로 새어 나온 피가 스웨터 소맷부리를 적시는 것을 보고 오지로가 허둥지둥 소매를 걷어 주었다. 쓰바사가 꽃가루 알레르기 때문에 책상 위에 늘 올려 두는 갑 휴지에서 몇 장을 뽑아 소매에서 흘러내리는 피를 닦아 주었다. 입 안에도 코피가 들어갔는지 쓰바사는 말하기가 어려운 것 같았다. 오지로가 마스크를 벗기고 새어 나온 피를 휴지로 받아 주는 사이에, 마도카는 쓰바사의 교과서 등등을 책상에서 치우고 피가 묻지 않게 손으로 머리를 쳐들어 주었다. 주위에서 은근슬쩍 거리를 두고 지켜보던 애들도 무관심한 척하지 못하고 저마다 소리쳤다. "화장실이야. 화장실, 화장실에 다녀와.", "아니, 움직이면 위험한 거 아냐?", "일단 휴지로 코를 막아, 얼른.", "엥, 이거 웃어도 되는 장면?"이라고.

"왜 이렇게 시끄럽죠?"

"코피가 나요! 사카시타가!"

수업 종이 울리기 직전 들어온 요제프는 이제야 휴지로 콧구멍을 막은 쓰바사의 피투성이 얼굴을 보더니 눈이 조금 커졌다.

책상 위에 어질러진 피 묻은 휴지를 보고 말했다.

"누구 물티슈 가진 사람 있으면 줘라. 없으면 사카시타, 보건실에서 받아 와. 누가 따라가 주고."

물티슈는 코로나 때문에 너도나도 사들이는 바람에 품절되어 현재 상당히 귀한 물품이었다. 그런데도 셋씩이나 동시에 쓰바사의 책상에 물티슈를 던져 주었다. 일단 맨 처음 준 애 것을 한 장 뽑아 왼손을 닦고, 두 번째 애 것으로 오른손을 닦고, 세 번째 애 것으로 얼굴을 닦았다. 그새 수업 종이 울렸지만, 요제프는 수업 시작을 5분 늦춰, 그동안 다른 학생들은 수업 준비를 하고 쓰바사는 입 안을 헹구고 이를 닦으러 화장실에 갔다.

화장실에서 돌아온 쓰바사는 멀쩡했다. 눈물 자국 따위
는 없었다. 코피 자국도. 자리에 앉고 나서 얼마 뒤 코를 막
았던 휴지를 조심스레 빼서, 요제프가 칠판을 보는 사이에
얼른 휴지통에 버리고 왔다. 쓰바사는 마도카의 자리 옆을
지날 때 작은 목소리로 고맙다고 했다.

"코피 나는데 왜 가만있었던 거야……?"

"처음엔 콧물인 줄 알았는데 쇳내가 나길래 아니란 건 바
로 알았거든. 그렇지만 분하잖아, '휴지로 코 좀 막아도 돼
요?' 하고 물으면. 들키기 싫어서 머리를 숙였더니 더 많이
나지, 애들이 동정하니까 말 꺼내기가 더 어렵더라고. 고등
학교 2학년씩이나 돼서 코피 나는 것부터가 창피하고."

갈색으로 소매가 물든 스웨터와 덩달아 희생당한 셔츠
는 수돗물로 빨아 창가에 널어 두었다. 피는 물로 씻지 않
으면 잘 지워지지 않는지, 체육복 소매 밖으로 나온 쓰바사

의 손은 새빨갰다. 마도카가 준 휴대용 손난로를 쥐며 쓰바사가 설명하자, 오지로는 어처구니없다는 듯 말했다.

"뭔 말인지 하나도 모르겠거든."

"나도 혼란스러웠던 거야. 그때 완전히 혼자 인생 끝난 상황이었으니까. 스웨터랑 노트랑 그 밖에도 여러모로. 아무튼 고마워. 덕분에 살았어."

요제프는 이미 수업을 마치고 교실에서 나간 뒤였다. 수학이 6교시인 금요일은 칠판을 지울 필요가 없는지라 당번의 구령과 동시에 나가 버렸다.

"나도 조금은 반성하고 있다고. 그렇지만 한국어 공부랑은 상관없잖아. 욕할 필요가 뭐 있어? 그래서 코피 흘리는 거 들키고 싶지 않았던 거야."

쓰바사는 휴지 한 장을 뽑아 코를 풀었다. 휴지에 피가 묻어 나오지 않았다.

"코로나는 아무래도 상관없지만, 마스크가 없으면 꽃가루 알레르기는 힘들어."

또 한 장 뽑아 세게 풀었다.

"너무 세게 풀면 코피가 쉽게 난다는데."

스마트폰 화면을 보여 주는 모리에게 쓰바사는 "땡큐."
라고 대답했다.

아침에 검붉은 추상화가 그려진 침대 시트를 보고 마도
카는 요새 유행하는 애니메이션의 도깨비처럼 햇빛을 받아
사라지고 싶어졌다. 때마침 바깥에서 애니메이션 오프닝
곡을 합창하며 아이들이 달려갔다.

며칠 전 갑자기 학교가 휴교하고 놀 수 있는 곳도 죄다
임시 휴업을 하는 바람에 다들 갈 곳을 잃었다. 분명 저 애
들도 이웃에서 경찰에 신고하고 주민센터에 항의해서 부모
에게 야단맞아 한동안 목소리를 듣지 못하게 될 것이다.

일어선 순간 빈혈로 머리가 핑 돌았다. 억지로 몸을 끌고
옷장에서 팬티를 꺼내 세면실로 갔다. 욕실에 있는 장. 분

명 오른쪽 끝이었을 것이다. 꺼내 보니 양 적은 날 쓰는 것
이었다. 나머지 하나는 오버나이트. 몇 년 전에 찾아온 초
경은 사흘 만에 끝났다. 어머니가 사 준 위생 팬티는 한 번
도 입지 않은 채 키가 자라 사이즈가 맞지 않는다는 이유로
버렸다.

변기에 앉아 더러워진 잠옷과 팬티를 내렸다. 가랑이에
서 늘어진 끈적한 피가 변기 수면을 향해 낙하했다. 이런
줄이 지옥에 내려오면 칸다타(아쿠타가와 류노스케의 단편 소
설 『거미줄』에 등장하는 인물_옮긴이)도 잡지 않을 것이다. 아무
장식도 없는, 세트로 판매하는 팬티에 생리대를 붙였다. 그
동안 소변과 피가 섞인 것이 뚝뚝 떨어졌다.

왜 이제 와서. 평생 볼 일이 없을 줄 알았는데. 지난달 먹
은 초콜릿 때문인가. 마도카가 초콜릿을 몇 개 받는지 학생
들 사이에서 화제가 되면서, 교내 기네스 기록을 세우겠다
며 말도 한번 해 본 적 없는 동급생까지 재미 삼아 초콜릿
을 주었다. 그 바람에 올해는 넘어간 애들이 있었는데도 작

년보다 많이 받았다. 일일이 숫자를 센 같은 반 학생이, 묻지도 않았건만 마도카가 받은 초콜릿 개수를 가르쳐 주기에 식사량을 더 줄였는데, 더 많이 줄였어야 했나 보다.

맞다, 침대 시트. 시트를 빨아야 하는데. 하지만 어머니에게 들키는 것은 싫었다. 어머니가 알게 되느니 많지 않은 용돈으로 새로 사고 더러워진 시트는 은폐하는 게 그나마 낫겠다. 팬티와 잠옷은 부모님이 잠든 뒤 욕실에서 빨아 방에 널면 들통나지 않을 것이다. 아무리 봄이라지만 찬물에 손을 담글 생각을 하니 마음이 무거워졌다. 휴대용 손난로를 잔뜩 받아 다행이다.

방으로 돌아와 침대 시트를 벗기고 매트리스를 확인했다. 무사했다. 시트를 사고 싶어도 인테리어용품점은 대부분 휴업 중이다. 아니, 니토리 매장은 문을 열었던 것 같다. 영업시간이 변경됐을지도 모른다.

매트리스에 걸터앉아 침대 옆 수납장 위에서 충전 중인 스마트폰에 손을 뻗었다. 스마트폰 화면이 깜박이고 있었다. 알림이 자꾸 뜨는 게 귀찮아서 얼마 전 거의 모든 앱의 알림을 꺼 둔 터라, 누가 전화했거나 라인을 보냈다는 것을 알 수 있었다. 대기 상태를 해제했다.

잠금 화면에 녹색 메시지가 늘어서 있었다. 오지로다.

[시골에 사는 우리 할아버지가 코로나에 걸려서 입원하셨대 어떻게 될지 몰라]

[할머니도 위험할지 몰라 검사 결과는 아직 안 나왔지만]

[너희도 당분간 할아버지 할머니는 안 뵙는 게 좋을 것 같아]

[우리 집은 솔직히 만만히 생각했거든 후회돼]

화면에 뜬 글자의 나열을 탭하려다가 손가락을 멈추었다. '읽음' 표시가 뜨지 않도록 알림창을 삭제했다. 보낸 시간은 새벽 5시였다. 지금쯤 오지로는 신칸센 첫차를 타고 가는 중일까. 아니, 이동이 불가능하니 집에서 부모님과 같이 있을지도 모른다. 아무것도 알 수 없었다. 뭘 물어야 할지 알 수 없었다.

좋은 말을 해야 하는데. 오지로를 위한 말을. 오지로에게 중요한 친구라서 털어놓아 준 것이니 아무나 할 수 있는 말을 하면 안 된다. 뭔가 함축적인 말을. 오지로는 '가족이 병에 걸린 사람'이 되고 싶지 않을 것이다. 그러니 오지로만을 위한, 마도카가 주는 말을 찾을 필요가 있었다.

자세를 바꾸자 생리대와 피부 사이에서 핏덩어리가 뭉개지고 늘어나는 느낌이 났다.

메모장 앱을 열어 생각나는 말을 입력했다.

[괜찮아?]

괜찮을 리 없다.

[힘들겠다]

당연히 힘들다.

[힘내]

힘낼 사람은 의료 관계자와 오지로의 할아버지다.

[꼭 나으실 거야]

근거 없는 위로를 해 봤자 아무 위안이 못 된다.

[별일 없으시길 기도할게]

기도해서 뭔가를 이뤄 낸 줄 알고 안심할 사람은 마도카다.

어디서 들어 본 적 있는 예문 같은 말뿐이었다. 모두 '가족이 병에 걸린 사람'에게 하는 말이지, 오지로만을 위해 생겨난 말은 어디에도 없었다. 글자를 화면에 입력할 때마다 자기 검열에 걸려 삭제했다.

머릿속에 떠올랐다 사라지는 문장들은, 상황을 후퇴시키지는 않겠지만 그 이상 전진시키지도 않을 것 같았다. '안

녕'에 '안녕'으로 답하듯, 예문으로 가능한 것은 보수뿐, 개혁을 일으키지는 못한다. 상황을 바꾸지 못한다. 바뀌어야 하는데. 엄지가 꼼짝도 하지 않았다.

자기 말로 다른 사람의 마음을 뒤흔드는 게 겁나서, 자기 말의 책임을 담보해 줄 뭔가가 있으면 좋겠어서, 타인이 보장하는 말을 빌리고 싶었다. 많은 이들이 사용해 온 말을 사용하면 향후 오지로와의 관계도 안전하게 유지될 것은 틀림없었다.

'친구 가족 코로나 말'을 검색하려다가 스마트폰을 내던졌다. 필름을 붙인 액정 화면은 깨지지 않고 멀쩡했다.

어둠 속에 쓰바사가 보낸 라인 메시지가 떴다.

그래. 개인 채팅으로 쓰바사와 의논하면 되는데. 둘이 타이밍을 맞춰 뭔가 괜찮은 느낌의 말로 위로하자. 다시 스마트폰을 주워 들었다.

쓰바사는 세 사람이 쓰는 단체 채팅방에 글을 올렸다.

[괜찮아?라든지 힘들겠지만 기운 내라든지 꼭 좋아지실 거야 같은 말을 쓸까 했는데 그런 건 다 의미가 없으니까 관뒀어 난 말없이 읽기만 할게 오지로 네가 토해 내고 싶은 게 있으면 여기에 마음껏 쓰면 될 거 같아]

끝까지 읽고 나서 채팅방에 들어갔다는 것을 깨달았다. 쓰바사의 메시지에는 '읽음' 표시가 떠 있었다. 지금 오지로도 이 화면을 보고 있다.

'메시지 입력'을 탭했다. 키보드가 나타났지만, 손가락을 움직이지 못했다.

'읽음' 표시가 달렸는데도.

스마일 표시를 탭해 화면 아래쪽에 이모티콘을 꺼냈다. '응, 응' 하고 고개를 끄덕이는 햄스터 이모티콘을 보내기 직전에 밥상을 둘러싸고 말없이 차를 마시는 동물 세 마리 이모티콘으로 변경했다. 촌스러웠다.

이윽고 커다란 녹색 덩어리가 화면을 메웠다.

[지금 머리가 안 돌아가 우리 부모님은 다른 집처럼 많이 벌지 못해서 지금 학비랑 학원비도 그렇고 대학 학비도 할아버지가 대 주게 돼 있었으니까 할아버지가 돌아가시면 대학 못 갈지도 몰라 원래 보험 삼아 사립대도 생각했는데 불가능해질 거야 엄마는 할아버지가 자긴 대학 안 보내 줬다고 원망하니까 나 보내 주는 게 사실은 기분 안 좋은 거 같아 하지만 난 공부하고 싶은데 아버지는 있으나 마나니까 할아버지가 돌아가시면 진짜로 내 편이 없어져 어쩌면 좋을지 모르겠어 할아버지가 돌아가실지도 모르는데 내 생각만 하는 것도 기분 더럽고 아무것도 모르겠어 어쩌지 다 뒤죽박죽이야]

아무도 아무 말도 하지 않았다.

그저 이미 모두가 읽었다는 표시만 오지로에게 전달됐다.

말은 아무 데도 가지 않고 그저 그곳에 머물렀다.

밖은 바람 한 점 없이 포근했다. 겨울용 더플코트가 더워 니토리에 도착했을 무렵에는 마스크 속에 땀이 찼다. 허벅지 사이도 후끈거려 불쾌했다. 코트를 벗어 접은 뒤 옆구리에 끼었다.

신생활 할인 시즌과 갈 데 없는 사람들 때문에 매장은 혼잡했다. 모두가 자신이, 자기 주위 사람이 코로나에 걸릴 것이라는 생각은 하지 않고 혼자 구경하거나 가까운 사람과 의논하며 물건을 골랐다.

오지로의 절실한 토로를 읽고도 마도카는 시트 사러 가기가 우선이었다. 마도카에게는 죽기보다 중요한 일이었다.

침구 매대에 진열된 단색 시트 중에서 더러워진 것과 비슷한 상품을 찾았다. 아이보리가 아니라 오프화이트. 천은 더 매끄러웠던 것 같다. 샘플을 만져 확인했다.

쭈그린 순간 커다란 핏덩어리가 나왔다. 아침 내내 엉덩이 안에 물이 가득 든 튜브가 끼워져 있는데, 튜브 아래쪽

이음새가 터져 물이 새는 것 같은 느낌이 든다. 새어 나가고 있는데도 아직 남아 있어 내내 묵직하다.

더러워진 시트와 가장 비슷한 상품은 싱글 사이즈가 없었다.

창고에 재고가 없는지 물으려고 마침 지나가던 점원에게 말을 걸었다. "저⋯⋯." 하고 입을 열자마자 후회했다.

"⋯⋯네, 무슨 일이시죠?"

검고 긴 머리를 묶은 우미가 자동으로 음성을 재생했다.

"⋯⋯이 시트, 싱글 사이즈가 없나 해서요."

"거기 없으면 없을 거예요. 다른 지점에 알아볼 수도 있는데요."

언제부터 여기서 아르바이트를 하게 됐을까. 사귀었을 때는 대학 근처 음식점에서 아르바이트를 한다고 들었다. 우미의 검은 눈동자는 페퍼 군(인간의 감정을 인식하는 일본의 휴머노이드 로봇_옮긴이)과 같았다.

"아뇨, 괜찮아요. 고맙습니다."

더 이상 눈을 쳐다볼 수 없어 발길을 돌렸다.

"잠깐만."

뒤에서 목소리가 쫓아왔다. 돌아보지 않고 걸음을 빨리 하고 싶어도 가랑이의 생리대가 자꾸 움직이고 핏덩어리가 또 나올 것 같아서 다리를 잘 움직일 수 없었다.

"야, 잠깐 기다려 봐. 아니, 진짜로."

다른 손님이 무슨 일인가 하고 쳐다봤다가 금세 시선을 돌렸다. 지금은 철도 아니건만 금목서 냄새가 다가왔다.

배낭을 휙 잡아당기는 바람에 몸이 뒤로 젖혀졌다.

"피 묻었어."

작은 목소리로 한 말에 마도카는 할 말을 잃었다.

"일단 코트를 입어. 가려질 거야."

우미가 시키는 대로 선반으로 엉덩이를 가리며 수치와 곤혹과 공포 속에 황급히 코트를 입었다.

"화장실로 가자. 생리대 줄게."

"코트로 가려지면 됐어요."

"전철 타고 왔지? 이대로 전철 타고 집에 가는 건 무리야. 따지지 말고 따라와."

우미는 화장실로 데려가 허리에 찬 가방에서 생리대를 꺼내 주었다.

"양 많은 날 낮에 쓰는 거야. 평소에도 양이 많아? 산부인과에 가 봤어?"

잠자코 고개를 흔드는 것밖에 할 수 없었다. 입을 열려 하지 않는 마도카를 보고 우미는 한숨을 쉬며 화장실에서 나갔다.

안으로 들어가 문을 닫고 바지와 팬티를 천천히 내렸다. 생리대 바깥으로 얼룩이 져 있었다. 휴지로 닦을 수 있는 만큼 닦았다.

생리의 피는 둔탁하다. 상처에서 흘러나오는 날카롭고 모난 피와는 달리 우둔한 냄새가 난다. 핏덩어리는 고등어 내장 같았다. 죽은 내장의 일부이니 당연했다. 몸속에 있던 것은 일단 밖으로 나오면 두 번 다시 안에 넣고 싶지 않다.

쓰바사가 코피를 숨기고 있었다는 사실을 알았을 때 왜 그런 바보 같은 행동을 하나 싶었는데, 이제는 이해할 수 있을 것 같았다. 죽는 것도 아니면서 피가 나면 창피하다. 그 때문에 남이 친절하게 대해 준다면 더 창피하고.

코를 풀 듯 힘줘서 피를 모조리 빼낼 수 있으면 좋을 텐데.

부끄러움과 도와줘서 다행이라는 마음이 비슷한 수위로 올라와 왼쪽 눈과 오른쪽 눈에서 한꺼번에 쏟아졌다. 비참함이 가속되어 이대로 변기에 앉은 채 땅속 깊이 파묻히고 싶었다. 실제로는 그저 변기 물에 피를 떨어뜨리는 것밖에 할 수 없었다.

장식이 없는 짙은 갈색 비닐 포장의 네모난 테이프를 벗겨 생리대를 떼어 냈다. 더러워진 생리대를 포장지로 싸서 휴지통에 버렸다. 얼룩 위에 새 생리대를 붙였다. 그동안에도 다리 사이에서 피가 나오는 게 느껴졌다.

문을 열고 나오니 우미가 있기에 뒷걸음쳤다.

"진통제야. 약한 거니까 먹어도 될 거야. 자판기에서 물 사서 먹어."

"아픈 덴 없으니까……."

"그래서? 그래도 받아 둬."

억지로 손을 붙잡아 은박지로 포장된 알약을 주었다. 우미의 손가락은 미지근하고 축축했다. 꺼림칙했다.

"나한테 잘해 줘도 좋을 거 없어요. 그런다고 다시 만나고 그러지 않을 거니까."

"뭐?"

"그런다고 넘어가지 않는다고요."

"……벌써 새 여친 생겼거든. 옛날 여친이 영원히 좋아해 줄 줄 알았어?"

컬러 렌즈 뒤의 눈동자는 메말라 있었다.

얼굴에서 불이 난다고들 하는데, 마도카의 경우는 머릿속에 피가 차올라 터질 것 같았다.

"혹시 흑심이 있어서 도와주는 거라고 생각했어?"

"……네."

"연인이 아니면 타인한테 잘해 줄 수 없다고? 그럴 리 없잖아."

"……죄송해요."

우미는 연인이 아니고, 친구도 선배도 선생님도 가족도 아니었다.

마도카에게 아무도 아닌 사람이었다.

하지만 우미를 좋아할지도 모른다는 생각이 들었다.

그쳤을 눈물이 다시 났다. 피도 눈물도, 액체는 한번 흐르기 시작하면 마도카의 의지로 멈출 수 없는 점이 싫었다.

"어, 얘 왜 이래. 괜찮아. 그렇게 화나지 않았어. 오늘 며칠째인데? 있지, 생리할 땐 얌전히 있는 게 좋아. 사람이 이상해지지만 대개 기분 탓이랄지, 잠깐 어떻게 된 것뿐이니까. 생리 끝나고 나면 그때 왜 그렇게 죽도록 이상했지 싶다니까. 일주일간은 딴 사람인 거나 마찬가지야."

마도카가 아는 우미는 이렇게 빠른 말투로 말하는 사람

이 아니었다. 늘 혀 위에 사탕을 얹고 떨어트리지 않도록 조심하는 것처럼 말했지, 이렇게 마구잡이로 잡초를 뽑듯 난잡한 소리를 내지 않았다. 눈썹은 여전히 위를 향하고 있었지만 얼굴 아랫부분은 분홍색 우레탄 마스크에 가려져 다른 사람처럼 보이기도 했다.

"……저, 정말 죄송해요."

"됐어. 피가 나면 누구든 이상해지니까."

우미의 귀에 걸린 이어폰에서 소리가 났다. 다른 점원이 부르는 모양이다.

우미는 손을 가볍게 흔들고 사라졌다.

"고맙습니다."

마도카는 모두가 인정해 주는, 둥글둥글하고 부드러운 말을 보냈다.

후주

1) 지진이나 태풍 등 자연재해가 많은 일본에서 필수적으로 사용하는 안전용 두건이다. 학생들은 주로 교실 의자에 놓으며 머리를 보호해 주는 기능을 한다.

2) 미국에서 일어난, 백인과 동등한 권리를 요구하던 흑인 인권 운동. 이 운동을 계기로 미국에서는 공민권법이 제정되었다.

3) 일본의 대학 수학 능력 시험으로, 1990년부터 센터 시험이란 이름으로 시행되었고, 2021년부터는 공통 테스트로 이름을 바꾸었다. 일본의 국공립대학에서는 공통 테스트를 필수로 보지만 개별 입시 시험을 치르는 사립대학은 필수가 아닌 경우도 있다.

언젠가 완벽한 너를 만난다면

초판 1쇄 인쇄 2023년 8월 10일
초판 1쇄 발행 2023년 8월 24일

글 도시모리 아키라
번역 권영주
펴낸이 김영곤

융합1본부장 문영 **책임편집** 오경은 **융합1팀** 이신지 정유나 이해인 **디자인** 박숙희
아동마케팅영업본부장 변유경 **아동영업팀** 강경남 오은희 김규희 황성진
아동마케팅1팀 김영남 황혜선 이규림 정성은 **아동마케팅2팀** 임동렬 이해림 최윤아 손용우
해외기획 최연순 **제작** 이영민 권경민

펴낸곳 (주)북이십일 아르테
출판등록 2000년 5월 6일 제406-2003-061호
주소 (우10881) 경기도 파주시 회동길 201 (문발동)
대표전화 031-955-2100 **팩스** 031-955-2177
홈페이지 www.book21.com

© 年森 瑛, 2022

ISBN 978-89-509-8516-5 03830